無盡之境
Ⅰ
Misa
Fori
長生

楔子

奶奶這輩子和我交談的次數很少，事實上，我甚至沒見過她幾回，她對我們來說就是個陌生人。

然而我和她卻曾經有段說長不長、說短不短的相處時光，那是我這輩子和奶奶接觸最多的一次。

在她死亡之前。

她告訴了我一個幾乎可以稱作是光怪陸離，卻又絢爛迷人的故事，我一開始雖不相信，仍不知不覺爲之著迷……

第一章

我以為奶奶說的，是她所想像出來的故事。

卻沒想到，這將是我聽過最令人目眩神迷的愛情故事。

奶奶一個人住在郊區，過著與世隔絕的生活，任憑爸媽和親戚們說過多少遍要接她同居，奶奶都總是搖頭。

其實我有點慶幸她沒答應，對我而言，奶奶不過是個有血緣關係的陌生人，和一個不熟悉的老人住在一起，誰能覺得自在呢？

包含爸爸在內，奶奶有三個孩子，兩男一女，卻沒一個人了解奶奶。

即使是親生骨肉，奶奶仍將他們拒於千里之外，一待孩子經濟能夠獨立，便將他們「請」出家門。美其名是讓他們可以擁有自己的生活，但三個孩子都明白，他們從來沒有被母親重視過。

在我還小的時候，某個深夜，我聽到在外喝醉歸來的爸爸告訴媽媽：「她就像是在盡義務一樣，只是把我們這幾個孩子養大而已。」

那時爸爸憔悴痛苦的神情令我難以忘懷，因此更是加深了對奶奶的不諒解。

所以有天當我上完大學一天的課程，回到家中，被慘白著臉的媽媽告知「奶奶陷入重度昏迷了」的時候，我也僅是淡淡地想，原來我還有一個奶奶啊。

我一直覺得，醫院就是由死亡氣息與消毒藥水味所交織構築的建物。今天所有親戚都來到了醫院，不過他們並沒有圍繞在奶奶的病榻邊，而是待在一樓的家屬休息室。

他們七嘴八舌討論著奶奶臥病在床的事，我們幾個晚輩則坐在一旁的椅子上各自滑手機。

「我都不知道我還有個奶奶。」年紀和我最接近的堂妹童曉淵隨口說，其他堂弟妹都點頭同意，有幾個人甚至笑了出來。很快，大家的注意力又回到手機上，沒人再繼續討論這個話題。

對我們來說，聚集在此處一點意義也沒有，因為我們對奶奶幾乎毫無感情。

我隱約聽見長輩們說，是姑姑去探視奶奶的時候，發現她呼吸微弱，除此之外還目擊了非常詭異的畫面。

奶奶穿著結婚時的白紗禮服，雙手交疊在腹部，平靜祥和地躺在床上，像是在等待什麼。

「媽是在準備迎接死亡的到來嗎？」爸爸不自覺抓著頭髮，一臉痛苦。

「也許是等著爸來接她吧。」姑姑哽咽地說。

「別自我安慰了，我們都知道爸跟媽感情一點也不好。」伯父揮揮手，「叫孩子們回去吧，他們在這也幫不上忙。」

聽到這句話，我們這群孩子立刻帶上包包站起身，準備回家。

「千蒔，妳留著。」爸爸要求。

「爸！」我不滿地大喊。

「讓他們回去吧。」伯父又說。

「千蒔已經大四了，課很少，就讓她和我們一起輪流照顧媽吧。」

我瞪大眼睛。要我照顧奶奶？有沒有搞錯！

「加油呀，千蒔堂姊。」童曉淵刻意強調「堂姊」兩個字，只有幸災樂禍的時候她才會這樣稱呼我。她和其他堂弟妹嘻嘻哈哈離開，還討論著乾脆去看場電影。

長輩們對他們嬉鬧的行爲睜一隻眼閉一隻眼，畢竟奶奶和大家不親是事實，連他們都沒有立場要我們表現得悲傷。

也許他們現在站在這裡，也如同奶奶曾經養育他們一樣，是一種義務。

「今天從我們開始，明天宗明家、後天淑貞家，按照順序輪著來醫院吧。」伯父這麼說，大家都同意了。

在離開之前，我們前往病房確認奶奶的情況。

站在父母身後，我只能隱約看見一雙布滿皺紋的手，點滴的針頭刺穿了肌膚，那皮膚薄得連血管都能看得清晰，心電圖儀器運作的規律聲響迴盪在單人病房中。

我稍稍往前瞄了下奶奶的臉，戴著氧氣罩閉上眼睛的她，顯得更加陌生。

很快，我將注意力轉回手機螢幕，直到走出病房，都沒再看過奶奶一眼。

「千蒔，今天要不要一起去唱歌？慶祝我和男友分手！」我的高中同班死黨兼大學同學梁又秦在電話那頭提議。

「是妳分手，又不是我分手。」正在計程車上的我拿出兩百元交給司機，下車往眼前的白色建築物裡走去。

「妳連男朋友都沒有，能分什麼手啊！不然這樣吧，下次妳交了男友又分手的話，就換我請妳。」

「妳想得美，烏鴉嘴！」自動門一開，醫院特有的消毒藥水味撲鼻而來，整個空間充斥著衰頹的氣息，我皺起眉頭，「而且今天輪到我看顧奶奶，也沒有時間。」

「妳奶奶？她怎麼了嗎？」

「昏迷住院中。」我輕描淡寫帶過，走到電梯前按了上樓鍵。

「怎麼沒有跟我說？」

「我和奶奶又不親，有什麼好說的。」電梯門打開，我結束話題，「不跟妳說了，我要進電梯了，再約吧。」

「如果有什麼需要我幫忙的記得告訴我。」梁又秦叮囑了一句，切斷通話。

看著樓層燈號一路往上，我不禁莞爾。能有什麼事情需要幫忙的？說得難聽一些，奶奶的死活對我來說無關緊要。

站在病房門口，我的食指輕輕撫過寫有奶奶名字的門牌。以奶奶那個時代來說，她的名字算是相當新潮。

我打開病房的門，媽媽正坐在病床邊看電視。

「既然妳來了，我就回去啦，晚點妳爸會來跟妳換班。」媽媽拎起手提包，離開前連回頭看一眼床上的奶奶都沒有。

我觀察了一下，奶奶依舊處於昏迷狀態，但與其說是昏迷，更像是睡著了似的。她的心跳平穩，呼吸也很規律，只是醒不過來。

電視畫面上是無聊的新聞，我用遙控器往後切換了幾個頻道，發現西洋電影台正在播放以吸血鬼爲主題的系列電影。

我繼續轉台，全部掃過一輪後，還是回到了電影台。

因爲只是想讓病房裡有點聲音，因此我任憑電視播著，逕自拿起手機玩遊戲，也沒有特別調低電視音量，反正奶奶聽不到。

就這樣，手機被我玩到幾乎沒電，電視台已經開始播映吸血鬼系列電影的第二集，目前時間大概是與爸爸交班前的一個小時左右。

我放下手機，一邊看電視一邊活動頸部，接著舒展身軀。

這時，我的眼角餘光瞥見病床上的奶奶，忽然覺得不太對勁，轉過頭，赫然發現奶奶睜著眼睛。

和她有如泡過水般發皺的皮膚相比，她的眼瞳漆黑明亮，一點也不像是老年人，炯炯有神。奶奶直盯著我的臉，我還沒開口說些什麼，她又再次閉上雙眼。

「妳說奶奶剛剛醒了？」爸爸狐疑地問，「妳告訴醫生了嗎？」

「我通知過了，但奶奶之後就沒再有動靜。」我聳聳肩，「那我先回家了。」

「妳沒看錯吧？她有說什麼嗎？」

「怎麼可能看錯？我視力好得很。」我沒好氣地說。

然而接下來幾天，所有來照顧的親戚皆未發現奶奶有甦醒的跡象。

過了一個禮拜，又輪到我看顧奶奶。

我一樣開著電視卻自顧自滑手機，這回還特地帶了充電器並接上電源，避免又將手機玩到電量耗盡。

由於上次看見的異狀，我時不時會留意奶奶的動靜，但她的模樣看起來和一個禮拜前並無差別，我懷疑她說不定連動都沒有動過。

外頭天色暗下後，我撥了爸爸的手機，他早該來換班了。

「我臨時有個會議要開，妳再待一會兒吧。」爸爸的語氣有點急。

「什麼？可是我今天晚上跟梁又秦有約啊。」

「跟她改一下時間吧，我這邊抽不開身，拜託了。」爸爸逕自掛斷電話，我氣惱地撥了媽媽的手機。

「我和妳伯母在討論遺產分配的問題，妳就留到明天，反正妳那麼閒，沒有差吧？」媽媽也和爸爸一樣，講完自己想說的就掛掉電話。

我將手機用力摔在旁邊的沙發，氣得瞪了床上的奶奶一眼。

反正她又不會動，待在醫院也不會不見，如果有什麼狀況，心電圖儀器會自動連結護理站發出警訊，那我何必傻傻守在病床旁？

於是我狠下心，拿起包包和手機走人。

隨著離醫院越來越遠，我內心的不安與罪惡感逐漸消散，取而代之的是即將和梁又秦見面的愉快心情。

進了捷運站，我站在月臺等候列車，突然注意到大約相隔一節車廂的不遠處，有位穿著西裝的高眺男子，不斷有意無意地往我這看來。

我用長髮遮住自己一半的臉龐，再偷偷從髮絲的間隙打量那名男子，他五官深邃，依然注視著我。

我確定自己不認識那個人，但也未感受到他有惡意。他驀地朝我走過來，正巧列車進站，風吹亂了頭髮，我反射性用手撥開，而一回神男子已經站在我身邊。

我愣了下，他怎麼這麼快就走到我這裡了？

他開口，聲音被捷運進站的吵雜蓋過。

「什麼？」

他瞇起眼睛，偏灰的黑髮隨風揚起，再一次說：「奧里林呢？」

「誰？」我一頭霧水。

「封允心，別跟我裝蒜，妳以爲……」

「先生，你認錯人了。」我不悅地皺起眉頭，他這副不友善的模樣還眞糟蹋了那張還算俊俏的臉。

男人頓了頓，打量我好一會後，棕色雙眼略略睜大，隨後露出禮貌的微笑並微微欠身，「抱歉。」

列車的車廂門打開，我看了他一眼，隨即上車。他並沒有跟著進來，只是雙手放在身後，面帶疑惑的表情。

當車門關起的瞬間，我聽到他說：「太像了。」

在車廂內，我滑著手機，腦中卻迴盪著他所說的名字——封允心。

比起什麼奧里林，封允心這個名字倒是讓我覺得異常熟悉。

我登入自己的臉書搜尋，好友名單中沒有這個人，於是我傳了LINE給曾和我同班好幾年的梁又秦。

「誰啊？話說回來，妳到哪了？我已經快到了喔。」

顯然梁又秦也不認識此人。

焦慮在我的心中蔓延，這個既陌生又熟悉的名字，我肯定最近才看過，到底是在哪裡？

不是聽見，是看見，白底黑字，我似乎還伸手去摸過……

刺鼻的藥水味比腦海中的畫面還要快一步喚醒我的記憶。

封允心，是奶奶的名字。

「妳知道嗎？我的房東有夠噁的，燈泡壞了要他換，他卻說自己手受傷，叫我自己踩梯子上去換，他負責在下面幫我扶梯子。以爲我不知道他在想什麼嗎？根本是想趁機偷看我的內褲啊！」梁又秦灌下一大口生啤酒，接著挑起眉毛，「千蒔，妳有沒有在聽？」

「我有啊，是性騷擾吧，妳要不要報警？」我也喝了口酒，濃烈的酒精味直衝鼻端，仍壓不過內心那股不安。

「童千蒔，妳有點怪怪的。」染著一頭紅髮、穿著性感火辣的梁又秦點了第二杯生啤酒。

我聳聳肩，她狐疑地瞇起眼，「心不在焉的，怎麼了？」

瞞也瞞不過她，於是我老實招認，「我剛遇見一個男的。」

「帥嗎？」

「帥，但這不是重點。」我將事情經過說了一遍。

「會不會是妳跟妳奶奶年輕時長得很像？」梁又秦的猜測和我一樣，想求證很簡單，只要找找看奶奶年輕時期的照片即可。

問題是，那個男人看起來不過三十歲，甚至可能年紀更輕，他的口吻卻像是認識年輕時的奶奶一樣。

「妳奶奶不是住院中嗎？」

「對，我偷跑出來。」我順了順頭髮，梁又秦瞪大眼睛。

「妳是說，醫院那裡現在沒人顧？」

「有啊，醫生跟護理師都在。」我聳聳肩，笑了。

「妳快回去吧，就算不親，也是自己的奶奶。」梁又秦一口氣乾完啤酒，「妳不知道何時會是和她的最後一面。」

我想起幾年前梁又秦的外婆過世的事。那天一切如常，白天我還跟她外婆通過電話，沒想到晚上就聽說她外婆走了。

死亡總是來得突然。

莫名的不安與焦慮再次席捲而上，我咬著下唇，最後拿過外套站起身，對梁又秦說：「抱歉，我……」

她揮了揮手，制止我說下去。

我扯出一絲微笑，急忙衝到店外招了計程車，一路趕回醫院。

那個男人的眼神在腦海中揮之不去，他雖然沒有惡意，卻也稱不上友善，一直過著與世隔絕生活的奶奶，怎麼會認識那樣年輕的人？還有他說話的語氣，彷彿他跟奶奶是同輩。

回到醫院，一如我離開時那樣，醫護人員依舊忙進忙出。我心跳飛快，祈禱著不要有什麼變故，但仍心神不寧。

寫有奶奶名字的門牌就在眼前，我下意識輕敲房門，接著自嘲地一笑。昏迷的奶奶獨自一人，我敲門給誰聽呀？

於是我打開門，隨即感受到清涼的晚風迎面而來，病床邊的白色窗簾隨著窗戶吹進的風擺動，而奶奶坐在床上，望著窗外的月色。

「奶奶？」我不確定地低喊，她緩緩抬起頭看我，我心頭一驚，「醫生……我去找醫生！」

「先進來。」這好像是我第一次聽見她的聲音，語氣堅定而不容拒絕，卻又如此柔和。

我走進病房關上門，來到奶奶床邊，「奶奶，我是千蒔，童宗明的女兒。」

「我知道。」奶奶的目光在我臉上停留許久，靜靜凝視。

我頓時語塞，雖然奶奶昏迷了一段時間，不過她現在看起來像沒事一樣，意外地清醒，我以為至少會有點痴呆的情況。

「有人來看過我嗎？」奶奶忽地問，她的嗓音很輕柔、說話很慢，十分好聽。

「我們每天輪流來。」

奶奶搖頭，「不是你們。」

就好像我們的存在可有可無，奶奶不在乎我們這些子孫是否在她身邊，如同其他親戚所說，奶奶對我們和我們對她一樣，感覺無比陌生。

「沒有其他人來看過妳。」因此，我冷漠地回應，「我去跟爸媽說妳醒了。」

奶奶沒再說什麼，眼神略顯黯淡。

她都八十幾歲了，還有會誰來看她呢？她的朋友應該都已經離開，或是也躺在病床上了吧？

忽然，腦海中閃過那個高大的男人，於是我轉過身對奶奶說：「我在捷運站遇到一個男人，他衝著我叫妳的名字。」

聞言，奶奶並不訝異，不知為何，她淡漠的態度讓我有些煩躁，「然後他問我奧里林在哪裡。」

奶奶猛然瞪大眼睛，震驚地看著我，我被她激動的反應嚇到了。她想要說話，卻換不過氣，像是氣喘發作一般整個人往後仰。

「奶奶！」我大喊，立刻按下床邊的呼叫鈴。

奶奶在床上痛苦地睜大眼，不一會兒，護理師和醫生衝了進來，奶奶抓住我的手腕，雙眼流露出難以分辨的情緒，她開口，我湊過去想聽清楚，但護理師壓下她的手，要奶奶鎮定。

房中一片混亂，我被迫離開，剛才被奶奶緊握的觸感還殘留在手腕上。

她怎麼能有這麼大的力氣？

✜

奶奶雖然醒了，不過她的意識時而清楚、時而模糊，其他親戚輪番來探望過幾次，他們認爲奶奶的狀況不理想，還不能出院。

「也許是迴光返照。」有親戚這麼猜想。

他們趁奶奶清醒時問過，爲什麼要特地穿上白紗禮服，可是奶奶什麼也不說。

某天又輪到我看顧奶奶，媽媽前腳剛走，我屁股都還沒坐熱，奶奶便冷不防開口：「然後呢？」

我一時意會不過來，奶奶重複了一次：「妳說，那個人問妳奧里林在哪。」

「我不認識那個人，所以告訴他認錯人了。」原來奶奶問的是之前那件事。

「他怎麼說？」

「他原本不太相信，不過後來向我道歉了，還說了句『太像了』。」

奶奶的嘴角揚起一絲笑意，「他是不是灰黑卷髮，棕色眼珠，身材像模特兒似的，看起來不是壞人，但給人一種壓迫感？」

我點頭，「奶奶，妳認識他？」

「他叫薩爾，是個脾氣古怪的人，行事難以預料。想也知道，我怎麼可能還是十幾歲的小姑娘呢？都過了幾十年啦。」奶奶搖頭。

這番話有種說不上來的詭異，那個叫薩爾的男人頂多三十歲，奶奶十幾歲的時候，薩爾根本還未出生。或許他是奶奶的朋友的孫子？

可是奶奶的下一句話馬上推翻我的猜測。

「過了六十幾年，他還是沒變，奧里林老說他令人摸不透，眞是……」

看著苦笑的奶奶，我質疑地說：「奶奶，妳十幾歲的時候，那個人可還沒被生下。」

沒想到奶奶笑得更開心了，病房內迴盪著她輕輕的笑聲。

「千蒔，妳相信世界上有吸血鬼嗎？」

完了。

我奶奶的精神狀態比痴呆更嚴重，她瘋了，還有點妄想的症狀。

「當然不相信。」

「不，有的，這世上存在著很多我們以為沒有的東西。啊……我年紀一大把了，就要死了，這個祕密我藏了將近一輩子，也遵守了承諾一輩子，但奧里林呢……」說著說著，奶奶哭了起來。

我慌了手腳，趕緊輕拍她的背，一面協助讓她慢慢躺下。奶奶迷迷糊糊地睡著，這次的對話又結束在莫名其妙的地方。

我沒有將奶奶的幻想告訴其他人。我當然不相信世界上有吸血鬼，然而奶奶的話又令我有點遲疑，因為我確實親眼看見了那個名叫薩爾的男人。

對於這件事，我感到前所未有的好奇，於是我主動跟伯父換班，表示我願意連續兩天都去照顧奶奶。

「奶奶有沒有講過什麼奇怪的話？」我試探性地問伯父，關於奶奶哭了的事，我也沒對親戚們說。

「她幾乎都沒說話呀，護理師說有聽見妳奶奶在和妳講話，那妳就多陪她聊聊吧。」

我「嗯」了聲算是答應伯父，掛斷電話後來到醫院。

奶奶睜著眼躺在病床上，看起來像在發呆，但是當我靠近後，她原本渙散失焦的目光卻飄移到我的臉上定住，久久沒有開口。

「奶奶。」我打了招呼，把包包放在沙發。

「還有再遇到薩爾嗎？」

「沒有。」我吐了口氣，「奶奶，在妳那個年代，他應該不會叫什麼薩爾，而會叫台生或光復才對。」

「他們活了很久，足跡遍及許多國家，連從哪裡來的我都不知道，那是他們最古老的名字。」

奶奶說得煞有其事，我卻漫不經心切換著電視頻道。電影台又在播放之前看過的吸血鬼系列電影，奶奶瞄了一眼，嗤之以鼻，「都亂演，他們才不是這樣。」

看來奶奶真的病得不輕，完全把幻想當成現實。

我敷衍了幾句，一面拿出手機，隨即想到自己之所以連續兩天來醫院的目的。即便是瘋言瘋語，也可能會有些蛛絲馬跡，可以問出「薩爾」的真實身分。

「那他們是怎樣的呢？」

奶奶布滿皺紋的臉上露出少女般的狡黠笑意，瞇著眼睛問我：「妳想知道？」

我聳聳肩。

奶奶看向窗外，「奧里林說過會來接我的……」

「奶奶，上次妳也提過這個名字，他又是誰呀？」

「我從來不知道他的眞實身分，吸血鬼懼怕他、又鍥而不捨追殺他，一直到最後，他都沒告訴我他在吸血鬼族群裡是怎樣的角色。」

我皺起眉頭，「所以奧里林也是吸血鬼？」

奶奶點頭，我不禁在心裡翻了個白眼。

「奶奶，妳說吧，我可以聽聽妳的故事。」我往椅背一靠，決定奉陪到底。

「這些事妳一輩子都不能告訴別人。妳的長相已經會爲妳帶來麻煩了，而這一切更是死也不能說出口。」

我嘴上答應，心裡並不當一回事。想也知道，我怎麼可能把這種莫名其妙的幻想告訴別人？我又沒有瘋。

奶奶放心地點頭，緩緩道來。

我以爲奶奶說的，是她所想像出來的故事，是她又老又病以後過於孤寂而產生的幻覺。

卻沒想到，這將是我這輩子聽過最令人目眩神迷的愛情故事，我的人生也從此被推往另一個脫離常軌的世界。

第二章

他的銀色髮絲在無風的夜裡微揚，

僅是側過頭瞥了我一眼，我便感到渾身彷彿有陣電流竄過。

同時也瞧見了他嘴角的血跡。

我遇見奧里林的時候，只有十六歲。

在那個戒備森嚴的年代，政府實施宵禁政策，夜晚除了警察，不會有人敢在外頭行走。

但一天晚上，我從窗户偷偷往外看去，竟見到田地的中央站著一個人。

那是我們家的田，雖然漆黑一片，我仍可以看見男人的銀白髮絲在風中飄動。

他看著下方，忽然間抬起頭，目光越過好幾公尺的距離，準確地對上我的雙眼。

他的眼睛無比湛藍，有如冰冷的海水，可是並不像我以為的海的顏色，比較像明信片上地中海的藍。

美麗、迷人，卻隱含危險。

「允心，妳在做什麼？不要亂看！」母親在後頭小聲斥責我。

「那裡站了一個人。」

「警察嗎？」父親神色緊張。

「不像是。」我再次看向窗外，那人已經消失在深沉的夜色中。

隔天，消息傳來，一個男人陳屍在我們家田地的中央。

大家議論紛紛，不久警察來帶走屍體，這件事情就此落幕，不再被提起。

可是我清楚看見，屍體身軀慘白、面色驚恐，肯定是見到了什麼可怕的東西。

例如昨夜那個男人。

我們家位於中南部的鄉下，擁有一塊面積不算小的田地，以務農維生。母親生了七個孩子，我是么女，上面有五個哥哥、一個姊姊。

最會念書的二哥在臺北讀大學，大哥也去了臺北工作，而三哥正在服兵役，於是分擔農活的責任落到四哥和五哥身上。大我一歲的姊姊在工廠當女工，我則因為身體不好，只能在家幫忙做些家庭代工。

自從那一夜看見神祕的銀髮男人後，我就一直想再見到他。說不上為什麼，總之他給了我前所未有的刺激。

我時常趴在窗户邊偷看，但始終沒再見過那個男人。

「允心，妳最近老在窗邊探頭探腦做什麼？」休假回家幫忙做代工的姊姊問。

「沒有啊。」我將零件放到天平上，接著倒入夾鏈袋。

「少來了，這一個月我每次放假回來，都會發現妳晚上偷偷摸摸往窗外看，到底在看什麼啊？」

「我才沒有看什麼。」

「說謊！」姊姊湊到我身邊，「再不老實講，我就要告訴爸媽喔！」

她瞪圓眼睛威脅我，我咬著下唇，東張西望了一下才坦承：「我看過一個男人在田裡。」

「男人？晚上嗎？」

我點頭，姊姊驚慌地說：「會不會是罪犯？」

「不是！」我反駁，隨即想到那天在田裡的屍體，不禁皺起眉頭。

「怎麼了？」姊姊狐疑地問，「真的是罪犯？」

我用力搖頭，「不是的！」我不相信那麼漂亮的男人會是犯罪者。

「話說回來，我記得之前有件事不是鬧得很大嗎？」

「什麼事？」

「屍體啊。」姊姊壓低聲音，指向窗外。

我一驚，不自然地笑了笑，「好像有聽說。」

姊姊忍不住數落我太不關心周遭發生的事，她覺得即使我身體不好，也不能渾渾噩噩地過日子。

但其實我只要閉起眼睛，似乎就能再度看見那冰冷的湛藍。

我十分渴望可以再見他一次，姊姊說如果對一個人朝思暮想，那就是戀愛了。

對於這個說法，我嗤之以鼻。僅僅一面之緣，何來戀愛之說？姊姊卻告訴我：

「世界上有種愛情，叫一見鍾情。」

我思考著這句話，雖然不想相信，不過也許只要再見到他，我便能明白這樣的心情從何而來，或許只是錯覺罷了。

日子一天又一天地過，在第五次回家度週末的時候，姊姊突然不見了。我的家人個個心急如焚，太陽已經西下，田野間昏暗異常，所有人拿著手電筒拚命尋找。

「剩下的交給我們，你們都回去吧。」警察們勸說，但我的父母不肯返家，村裡的人也都不打算休息。

那些警察都是平日相熟的人，他們睜一隻眼閉一隻眼，只將年紀較小的孩子強制送回家，剩餘的幾個村民就和他們一同搜索。

四哥和五哥也出去找姊姊了，只剩我一個人在屋內咬著手指甲來回踱步，不時透過窗户觀察外面的情況。

姊姊這麼小心、這麼守規矩的人，不可能天黑了還不回來。

她一定發生了什麼事情、遇到了什麼意外！

想到這裡，我沒辦法只是在家等著，於是決定去找姊姊。她是我唯一的姊姊。

我找出手電筒，將長髮紮成馬尾，穿上外套從後門溜出去。

父母與警察們搜尋的地方是稻田以及產業道路旁的樹林，我則往後山的方向走。那裡就連白天時也照射不太進陽光，終年陰暗，小時候我曾經和姊姊來到後山外圍，光是看著便能感受到森林散發出的壓迫感。

我嚥了嚥口水，望向漆黑的林內，相傳裡頭有可怕的魔神仔，進去的人幾乎都出不來，但從來沒有人真的闖入過，所以傳聞是真是假也無從得知。

抬頭看看皎潔的明月，我雙手合十朝四方拜了下，並在心中說：我只是要找姊姊，找到姊姊就會離開了，請山神恕罪、請山神保佑。

而後，我踏入林中。

一走進去，周遭的空氣密度似乎變了，聽不見任何蟲鳴，取而代之的是風吹動樹葉的沙沙聲響。

月亮依舊高掛天空，卻像是有層玻璃隔著般不清晰，我深吸一口氣，邁步深入前方的黑暗。

「姊——姊——」我小聲地喊，手電筒的光在林間探照，走了大約十分鐘，膽子也稍微大了些，於是我提高音量：「姊！妳在哪裡？」

沙沙——

忽然，我聽見不知從何處傳來的聲響，像是快速穿梭在林木間而擦過枝葉的聲音。

「誰！」我繃緊神經，用手電筒來回照射，只見草叢晃動而不見人影。

是動物嗎？

不，據說後山之中從沒出現過動物，這裡是個不祥之地，孕育不出植物以外的生命。

我不禁慌了起來，黑暗讓人恐懼，無聲令人不安，除了我的呼吸與心跳，沒有任何聲音，連風都靜止了。

我握緊手電筒，背靠著樹幹，戒備地四下張望。

有人在看著我，我知道，我感受到了視線。

我趕緊關閉手電筒，以免被對方得知我的位置。

這是個難熬的時刻，林中異常寂靜，而我冷汗直流，每一次呼吸都小心翼翼，全身僵硬得只敢轉動眼珠子留意視線範圍的異狀。

唰——

我渾身一震，顫巍巍地抬頭。剛才的聲音像是猴子從這棵樹跳到另一棵樹上，但這片樹林並沒有動物存在，所以是什麼東西跳過去了？

月光微弱得可憐，我僅能看見樹影搖曳。

這時，一對黃色的小點出現在我倚靠的樹木上頭，我原以為是螢火蟲，隨後才驚覺是雙眼睛。

有人躲在樹上偷看我！

我的內心警鈴大作，立刻連滾帶爬往前跑，卻因為地面不平而摔得四腳朝天。

樹梢上的人彷彿在咧嘴微笑，明明距離很遠，我依然可以感覺他散發出陰森的氣息，於是忍不住放聲尖叫。

對方似乎因我的尖叫而興奮起來，他縱身一跳，瞬間落到地面，我狼狽地爬起來逃走，手電筒掉落在原處。

眼睛好不容易適應了林中的黑暗，我喘著氣奔跑，腦中極度混亂。那是什麼人？不，真的是人類嗎？大半夜的，怎麼可能有人會待在被視為禁忌之地的後山？

一定是後山中的魔物，我冒犯了、惹惱祂了！

眼淚撲簌簌滑落，我沒有時間擦拭。風聲在耳邊呼嘯，那東西正追著我。

我有種感覺，對方並不是追不上我，而是在玩弄我，他因為看著我奮力逃跑而無比愉悅，這讓我深刻感受到死亡的威脅。

我再一次踩到樹枝，整個人往前撲倒，手掌與臉龐都擦破了皮，膝蓋十分疼痛。我幾乎絕望，正想放棄一切閉起眼睛時，後頭追逐的腳步聲突然消失。

我屏住呼吸，偷偷睜開眼睛，確認沒有危險後，才完全張開雙眼緩緩從地上坐起來。

剛才那個魔物去哪了？為什麼會失去蹤影？

我側耳傾聽，還是一樣，除了我的呼吸與心跳外，沒有其他聲音。

此地不能久留，誰知道那怪物有沒有同夥？因此我趕緊起身，準備離開。

這時，我注意到前方不遠處有雙鞋子遺落，是姊姊的鞋。

我馬上衝過去撿起，鞋上沾染許多汙漬，我的內心升起不好的預感。

再往前看去，一棵特別顯眼的大樹下有雙白皙的腳，衣著凌亂躺在那裡的女人正是姊姊。

但是吸引了我的目光的，不是臉色蒼白、看似奄奄一息的姊姊。

而是他，那個有著湛藍眼眸的男人。

他眼神冷冽，銀色髮絲在無風的夜裡微揚，美麗如月光。發覺我在身後，他僅是稍稍側過頭瞥了我一眼，我便感到渾身彷彿有陣電流竄過。

同時也瞧見了他嘴角的血跡。

這個瞬間，我的思考能力完全凍結。

奇怪的是，我的腳步無法移動，我的心也感受不到恐懼。

身披黑色斗篷的他轉身面對我，一隻手朝我伸來，睏意頓時席捲而上，下一秒，周圍天旋地轉，我失去了知覺。

當我再次睜眼，發現自己已經躺在房間的床上，房內沒有其他人。

我覺得身體很沉重，接著想起那片湛藍。

終於又見到他了，他依然面無表情，而那嘴角的鮮血……

我猛然一驚，立刻爬起來，隨即雙腿無力地整個人從木床跌下，大哥聽見聲響衝了進來。

「小妹，妳醒了？」

看見大哥，我先是訝異。他不是在臺北工作嗎？以往只有過年的時候才回來，怎麼這時候會在家呢？

我發不出聲音，連移動身體都沒辦法，只能呆愣愣地看著大哥驚慌的模樣。

姊呢？

我張口，聲音細微得連自己都聽不見。

「妳們在樹林裡發生什麼事了？」大哥問。

有魔物追著我，那東西眼睛是黃色的，像人卻又不是人。然後我看見臉色蒼白倒在樹下的姊姊，還有那個男人……

男人朝我走來之後，我就暈倒了。

大哥注視我的神情除了驚慌，還帶著哀傷與憔悴，他朝外面喊來母親他們，一連串足音踏至，連本該在軍中的三哥都在。所有孩子齊聚一堂，母親哭紅的雙眼讓我明白，那並不是為我的昏迷所流的眼淚。

姊怎麼了嗎？

我張嘴，還是發不出聲音，而五哥眼眶含淚。

姊死了。

忘了是誰告訴我的，因為下一秒，聽見這消息的我再度暈過去，在雙眼閉上之前，我所看見的，仍是那片湛藍。

姊姊的葬禮很簡單，但有種不尋常的氣氛在村中蔓延。

對於姊姊的死亡，我覺得很不真實，似乎姊姊只是回工廠上班，假日就會返家了。

直到下一個假日面對空蕩蕩的房間時，內心的傷痛才一湧而出，我趴在床上聲嘶力竭哭喊，不過除了意義不明的喊叫，我依舊無法說話。

哭到發起高燒、哭到雙眼腫脹，我才真正明白，姊姊離開了。

葬禮過後不久，三哥返回兵營，大哥和二哥善後完一切也回了臺北，他們離開前不斷叮嚀四哥和五哥要支撐住這個家。

兩個哥哥堅強地忍住眼淚點頭，接手張羅大小事，每日天還沒亮便跟著父親下田，而母親大病了一場。

終於接受事實的我，每天最常做的便是茫然地躺在床上，一邊想著為什麼。

姊姊為什麼死了？她不是只是暈倒嗎？

沒有人肯告訴我她的死因，村長和警察曾經來問過我，那天究竟在樹林看見了什麼。

我在白紙上畫出那我根本不知道名稱的魔物，父親說是魔神仔，但我覺得不是，然而又說不上來。

黃色的眼睛，長得像人類，卻可以高速穿梭在樹林之間，而且邪惡至極。他追趕著我，將我當成玩具一般逗弄。

我彷彿還聽得見他興奮的狂喜喘息。

「除了這東西以外，還有看見其他的什麼嗎？」

警察的問題讓我頓了下，想起那個男人。

「有嗎？」警察挑眉。

最後，我選擇搖頭。

「真的沒有？」

我更加堅定地搖頭。

警察打量了我一會，和村長低聲討論著離開我家。

我拉住四哥，用嘴形問他：「姊為什麼會死？」

四哥面露恐懼，用力搖著頭甩開我的手，幾乎是落荒而逃。

「允心，妳真的什麼都沒看見？」母親也問，她抓著我的手顫抖得非常厲害。

我再一次搖頭。那個男人的事不能說，我本能地知道。

我將這一切寫在日記本中，並將日記放在自己的枕頭底下。

自從那次的事件後，我便被禁足了。

他們都認為，我被嚇到失去說話的能力，並且喪失部分記憶。

因為我曾聽過父母在深夜時分竊竊私語：「那種死法……允心一定有看見什麼……」

姊姊的死因到底是什麼？仍然沒人肯告訴我。

某天，百無聊賴的我把屋內打掃了一遍又一遍，直到近乎一塵不染。我趴在房內的窗邊，從這裡可以看到我初次望見那個男人的田地。

我總是想著，他會再次出現。

我有好多問題想問他，想問他在樹林時有沒有發現什麼？想問他為什麼嘴角帶著血？想問他有沒有遭遇那魔物？想問他有沒有目擊誰殺了姊姊？

我還想問他，他是誰？叫什麼名字？從哪裡來？

溫暖的春風吹拂，令我睡意漸濃，迷迷糊糊間，似乎有人靠近。是母親回來了嗎？

睜開眼睛，是那片冰冷卻令人心安的湛藍。

那個男人，就在我眼前。

我只見過他兩次，而兩次他都與死亡扯上了關係。

但我不認為是他殺了姊姊，就算他的嘴角有血跡，我也不會如此認為。

直覺告訴我，他不是殺人兇手。

我向他伸出手，他往後退去，面無表情打量我。

為此，我微微皺眉。我並沒有打算傷害他，為什麼要這樣呢？

我想起身，他伸出了手，我以為他要扶我一把，然而他只是揮揮手，我的身體瞬間無法動彈。

無論怎樣使力，身體就是動不了，我只能瞪大眼睛。

我的手依然停滯在半空中，他靠近了些，瞇起美麗的藍色眼眸，纖長的手指朝我的脖子探來，翻開衣領。冰冷的指尖擦過肌膚，被他碰觸的地方起了雞皮疙瘩。

我不知道他在做什麼，但我感受到自己臉頰發燙，他有點疑惑地又看了看另一邊的脖子。

「原來妳失去聲音的理由真的只是驚嚇過度那麼單純，看來我多心了。」他開口，嗓音低沉卻不粗啞，渾厚且充滿吸引力，像是平靜的湖面泛起漣漪。

他瞧著我，「我可以讓妳恢復說話的能力，不過同時妳將不會記得這一切。」

他的指尖輕觸我的喉間，而後忽然整個手掌貼上，此刻，我感覺自己有如被鎖定的獵物，生死只在瞬間。

下一秒，好聞的森林氣息撲鼻而來，絲質般滑順的銀色髮絲拂過我的臉頰邊。

我還沒弄清楚他在做什麼，脖子便一陣刺痛。

「嗚！」

這個男人咬了我。

與他冷冰冰的手指不同，溫熱的液體從我的體內抽出，血液所匯聚之處彷彿不再是心臟，而是被咬的地方。

包含細小的微血管在內，全身血管都似乎要被剝離，我想尖叫，卻叫不出來。

然而還有另一種完全相反的衝突感受，像在誘惑我深深沉迷，在我耳邊低語：就這樣吧，就讓他這麼做吧，將血液統統獻給他……

在我幾乎要聽從這惡魔的呢喃時，他離開了我的頸邊，嘴角沾著鮮血，和那天我所看見的畫面一樣。

他的銀色髮絲隨風飄動，身上的黑色斗篷並未完全掩蓋住裡頭的衣著，而雙眼依舊是無波的湛藍。

「你好美。」我脫口而出。

接著，我們同時睜大眼睛。

「我可以說話了！」

「而妳第一句話就是說這個？」

我有好多事想問他，但此刻腦中竟空白一片。

他治好了我的失語症，他吸了我的血，他控制我的行動。

「你是什麼？」我問。

他微笑，沒有給我答案。

「反正，妳等等就會忘了。」

「別讓我忘記，我不想忘記你！」

他的表情絲毫不變，「這不是妳能決定的。」

「姊呢？她是怎麼死的？」我趕緊問，「是因為那個黃眼睛的魔物嗎？他是什麼？跟你一樣嗎？」

湛藍的眼眸瞬間變成冰冷的海水，他瞇起眼睛，「別把我和他們那種東西混為一談。」

「那我姊姊為什麼死了？為什麼他選擇她？」

「妳難道沒想過，也許是我殺的？」他不帶感情地勾起嘴角。

「不，我知道不是你。」

也許是我的態度過於堅定，他剛硬的臉部線條略略放鬆，以難以察覺的幅度歪了歪頭，「妳真奇怪。」

他朝我走了一步，「但妳仍然不會記得。」

「不要消除我的記憶。」我哀求。

他輕輕搖頭，面對他不容商量的決絕，我只能接受。

「那至少告訴我你的名字。」

他挑起一邊眉毛，彷彿在問「反正妳都會忘記，知道這個做什麼」。

「求求你。」我哀聲說，眼前蒙上一層水霧。

他嘆了口氣，緩緩開口：「奧里林。」

是外國人的名字啊，他看起來的確不像臺灣人。我揚起微笑，他的手再次朝我一伸，我就此失去了知覺。

「我叫封允心。」我記得我有這麼告訴他。

✤

奶奶訴說故事時，模樣如同回到少女時代般神采奕奕，可是情節裡矛盾的地方太多了。

最明顯的一點就是——「既然都失去記憶了，那奶奶又怎麼會記得？」

「急什麼？我會告訴妳的。」奶奶微笑。

是還沒想到該怎麼圓謊吧。我暗暗吐槽。

「所以他真的是吸血鬼？」我又問。

「他的確是。」奶奶爬滿皺紋的手撫上自己的脖子。

「妳真的被咬了？」我探頭想查看有沒有疤痕留下。

「咬痕早就消失了。」奶奶移開手，鬆弛的肌膚上除了老人斑外，沒有其他痕跡。

我皺起眉頭，奶奶的話太怪異了。

「當年奶奶的姊姊死因究竟是什麼？」

奶奶垂下目光，最後搖頭嘆息，「血液被吸乾而死的。」

「是那個什麼奧里林殺的嘍？」

「不，我不都說了嗎？不是他。」

「但妳在樹林看見他的時候，他的嘴角有血，難道那不是奶奶的姊姊的血？」

「的確是她的血……」

「所以說，就是他殺的啊，奶奶肯定被對方竄改過記憶吧！」我往椅背靠去。

奶奶因為我這句話而笑了起來，我揚起眉毛，她笑彎了眼，看著我問：「吸血鬼為什麼可以竄改別人的記憶？」

「他不是說妳會忘記嗎？」

「他是這樣說了沒錯，不過並不是用竄改的方式。」奶奶神祕一笑，「他只是讓我忘了。」

「那不就是竄改嗎！」

「他沒有修改我的記憶，只是讓它消失了。」奶奶顯得有些疲憊，「人類對吸血鬼有太多想像，其實他們並非人類所猜想的模樣，相反的，他們跟人類很接近。」

我終於忍不住在奶奶面前翻了白眼，「那個奧里林會吸血，還可以控制妳的行動、治好妳的失語症，奶奶，他們不是人類。」

而且，他們也不存在。

奶奶只是憐憫地看著我，那眼神令我很不舒服。

「人類自以為掌握了全世界，卻沒意識到緊捏在手中的一切如此微不足道。」

說著說著，奶奶閉上了眼睛，陷入睡眠。

爸爸正巧在這時候進來病房。

「我好像聽到奶奶在說話？」

我點頭，將奶奶的被子往上拉一些，轉過頭問爸：「奶奶有幾個兄弟姊妹？」

「五個哥哥，但都已經離開了。」爸靠向床邊，將手裡的水果籃放在桌子上，凝視著奶奶的睡臉。

「她沒有姊姊嗎？」我狐疑地問。

爸思索了一會，「對，確實有個姊姊，因為那位很早就去世，所以我忘了。」

我心臟彷彿被掐了下，「那……她是怎麼死的呢？」

在爸沉思的這幾秒，我幾乎是屏住呼吸等待，雙手也不自覺握緊。

「意外吧。」然而爸不以爲意地聳聳肩，拿了顆蘋果，「要吃嗎？」

我搖頭，又追問：「是什麼意外？」

「我哪裡知道，我還沒出生她就走了。那很重要嗎？」

「沒什麼。」我說。

當爸拿著蘋果去洗手間清洗時，我看了眼呼吸平穩的奶奶，深深覺得剛才試圖求證的自己有點可笑。

那故事不過是一個快要往生的老人的幻想，身處陰陽兩界的交會處，奶奶已經分不清楚夢境與眞實。

第三章

我閉上眼睛，感覺喉頭發澀。

我終究不能記得他。

若不是醒來時手先摸到了放在枕頭下的日記本，我一定會忘記那個擁有湛藍雙眼的男人。

我記不起他的長相，卻沒有忘了那美麗的藍。

透過日記，我得知自己一直很想再見他一面。

奇怪的是，昨天睡前我並沒有寫日記，而且記憶有些模糊。我明明記得自己打掃過屋子，也記得自己躺在床上昏昏欲睡，但之後的記憶十分曖昧。

好像有個人進來、好像有個人跟我說了幾句話，可越是努力回想，腦袋越是像漿糊般亂成一團。

「是他搞的鬼嗎？」我不確定地猜測。

我將這個疑問寫在日記中，打算如果再遇到他，一定要問清楚，必須假裝自己沒有遺忘任何事，想辦法套出他的話。

父母對於我忽然能說話感到欣喜萬分，問我是怎麼回事，可是我自己也毫無頭緒，一睡醒就恢復語言能力了。我想，大概和那個男人脫不了關係。

某夜，我睡得格外不安穩，夢魘纏身，令我屢次驚醒。

冷汗浸溼我的衣服，我喘著氣望向窗外，希望能在田中央看見藍眼男人，不過外頭夜色深沉，什麼也看不到。

心臟撲通撲通狂跳，我有種不祥的預感。

以前都是和姊姊同房睡，現在她不在了，這個夜晚我忽然很想念她。

當我趴著哭泣時，驀地察覺有人站在窗外看我。

和那時在樹林裡一樣，有人窺視著我。

我嚇得抬起頭，窗外站了一個男人。

他蒼白的臉上掛著微笑，黃色的雙眼在一片漆黑中如貓眼般發亮。

「哈囉！」他用氣音說，對我露出白森森的牙齒。

我跳起來衝往房門，但打開門的時候，黃眼男人竟站在房門口。

「SURPRISE！」他對我喊，雙臂朝兩邊展開，雖然面帶笑容，眼裡卻沒有半點笑意。

我還來不及尖叫，他已經一把摀住我的嘴巴，將我推回房內，一切發生在剎那之間，我轉眼被他壓制在床鋪上。

他是樹林裡那個魔物，我知道。這氣息、這恐怖的氛圍，還有那發亮的雙眼，絕對是他。

恐懼的眼淚不斷湧出，我努力想掙扎，然而徒勞無功，他的力氣之大令我絲毫無法動彈。

「嗯……就是這個味道……真想念這味道啊！」他的臉頰在我的頸間蹭了蹭，令我頭皮發麻。

他嘴裡伸出尖牙，張口咬住我的脖頸，劇痛襲來，我嚇得瞪大眼睛。

頓時，我明白了姊姊的死因，明白了為什麼哥哥他們對此難以啟齒。

我體內的血液以極快的速度被吸出，視線逐漸模糊，寒意從腳底竄上，當我感受到死期將至時，他忽然滿口鮮血地離開我的脖子，以迅雷不及掩耳的速度彈到門邊，戒備地盯著我。

「妳是奧里林的？」

奧里林？

這個名字怎麼這麼熟悉？

我在哪裡聽過？

為什麼一點印象也沒有？

但我好累，我的眼睛快要閉上，脖子被咬過的地方疼痛不已，像是火焰在灼燒，血彷佛仍在流出。

「敢對我的東西出手？」

頃刻之間，我和那魔物的中間出現了一個披著斗篷的男人。

他的聲音充滿魔力，我吃力地想看清楚他的臉。

「哈哈！奧里林，這次你的目標是她嗎？因為她的血很好喝？該不會是上次你在樹林撿了我的剩菜，迷上這種味道了？」黃眼男人興奮難耐，像隻猴子似的左右來回跳躍。

「我只說一次，滾。」名為奧里林的男人語氣淡漠。

「哈！憑什麼？我們可沒有劃定獵物這種事，誰先找到就是誰的。」

「你想跟我打嗎？尤里西斯。」

尤里西斯瞇起雙眼，微微弓起背，「你不能。」

「但不是不敢。」奧里林冷笑。

他們沉默了好長一段時間，瞪著彼此，而我的心臟越跳越慢，意識陷入朦朧。

「好，我現在可以走。」尤里西斯惡狠狠地說，露出尖牙，「不過只要你不在，我就吃了她。」

「……她的死活不關我的事。」

「我可是『看』得很清楚啊，那可不像不關你的事的樣子。」尤里西斯尖笑著，下一秒消失無蹤。

我隱約看到奧里林轉過身，站在一段距離外望著我，我本想說些什麼，但呼吸不受控制地漸漸緩慢，什麼聲音也發不出來。

「妳可真是麻煩，就不能不出事嗎？」奧里林說，似乎還嘆了口氣，隨後來到我的床邊。

我凝視著他湛藍的雙眼，我遺失的某部分記憶果然跟他有關。但願這回他不要再讓我忘記，請讓我記得，記得這雙美麗的眼睛。

於是我張口，想告訴他我的心願，卻又虛弱得只想閉上眼睛。

奧里林的上身靠向我，離我如此之近，他的銀色髮絲貼在我的臉頰邊，冰冷的肌膚及身上的味道似曾相識。

當他的尖牙刺入尤里西斯留下的咬傷時，腦海中忽然湧入許多畫面，全是那些失落的記憶——奧里林出現在我房內，並治好了我的失語症。

還有，我最後苦苦哀求他別讓我遺忘。

我掉下眼淚，痛楚在心中蔓延，不是因為被咬，而是因為說不出的悲傷。

這個男人不是人類，他咬住我的脖子並非為了吸血，相反的，我的頸側有些發燙，他的舌頭舔拭著傷口，咬痕逐漸消失。

他又治癒了我一次。

接著，他離開我身邊，站到一旁。

「奧里林……」終於，我能開口說話了。

「感覺如何？」

我深吸一口氣，只是頭有點暈而已，剛才那種使不上力的虛弱感都消失了。

「你為什麼要消除我的記憶……」

奧里林微微挑眉，並且伸出手，我立刻警覺地喊：「不要再消除我的記憶了，讓我記得你！」

「妳不該記得我，或是這一切。」他說，語氣冰冷。

「如果我不記得，那假如尤里西斯又來找我，我怎麼會知道有危險？」也許下一次，我就真的死了。

「原本在樹林那次，妳就該被咬死了。」

我仔細回想，當時我跌倒，尤里西斯明明有充足的時間展開攻擊……不，即使我沒跌倒，以他的速度，我也絕對難逃一死。

但他離開了，是因為奧里林在嗎？

「是尤里西斯殺死我姊的？」

奧里林沒有回答，然而我明白，姊姊的遭遇恐怕跟我一樣，甚至比我更加淒慘，她生前也曾被尤里西斯百般玩弄，在恐懼中結束生命。

淚水滑落，我哭泣不止。

我就這樣縮在床上痛哭失聲，奧里林既沒有靠近也沒有離去。半晌，我終於冷靜了點抬起頭，奧里林有如雕像般動也沒動過，湛藍雙眼緊盯著我。

「謝謝你救了我。」我沙啞地開口，「還是兩次。」
「不會有第三次了。」他淡淡表示。
「我也不希望有第三次。」那表示我又遇到危險了，「為什麼被你消除的記憶會回來？」
奧里林瞇起眼睛，顯然不願回答。
「反正你不打算再見到我了，也想消除我的記憶，不是嗎？」我擦乾眼淚，定定地看著他，「所以，告訴我也沒關係吧？」
「如果妳終究會忘記，那又何必知曉？」
「至少在這個當下我知道。」我堅定地說。
他微愣，然後露出一抹微笑，「人類。」
奧里林移動身子，終於不再站得筆直，墨綠近黑的斗篷下襬微揚。
「我可以讓妳的腦袋遺忘事物，但妳的血液會記住一切，若有其他長生吸了妳的血，便將透過妳的血液窺見記憶。」
「長生是什麼？」我問，不過已經猜到應該是指傳說中的吸血鬼。
「以你們人類的用語來說，就是吸血鬼。」他親口證實了我的推測。
所以尤里西斯才會在吸了我的血以後提起奧里林。
「當時在樹林，你的嘴角之所以沾了血，是因為你想知道誰殺了我姊姊，才特地去看她的記憶嗎？」

說著，我想到在田裡死亡的不幸男人，看來也是尤里西斯殺的吧。

所以……

「你是一個好人呢。」

奧里林愣了下，神情疑惑。

「謝謝你想找出兇手。」

「別搞錯了，人類不管死幾個都和我無關。」他冷酷地說，「我只是無法容忍有人弄髒我所在之處，人血骯髒得很。」

「那是你們的食物不是嗎？」

他嗤之以鼻，不予回應。

「為什麼尤里西斯會選擇我姊？」

「血也分好壞，她的血液味道很香。」他又瞇起眼睛看我，「妳也很香，氣味比她更濃郁。」

那彷彿帶著飢渴的目光令我一顫，「你會想吸我的血嗎？」

「我不是說了，人血很髒。」他不屑。

可他還是幫了我，救了我。

「所以你也是長生……是嗎？」

「別把我和他們相提並論。」他冷笑。

「所有吸血鬼都跟你一樣嗎？我的意思是，會幫助人類。」

他的神情像是我問了可笑的問題。

「那，所有吸血鬼都跟你一樣具有治癒人類的力量嗎？」

這一次他面無表情，我知道他不想說。

「為什麼我的記憶會恢復？」我換了個話題。

「因為我剛才將自己的血分給妳一小滴。只消我的一小滴血，就能解除對妳下的暗示，同時也能令妳的血液再生能力加速。」

原來如此。

「你一直住在這附近嗎？」

「不，每隔一段時間就會換地方落腳。」奧里林不耐煩地拉起斗篷的兜帽戴上，「妳問得夠多了。」

在他朝我伸出手，準備消除我的記憶時，我趕緊問：「尤里西斯還會來找我，對不對？」

奧里林一愣，隨即壓低聲音，「也許。」

「到時候，我必死無疑？」

「妳怕死嗎？」

我思索了一下。

我們生存在這個世界上，往往不會去想存活的「意義」是什麼，只是設法「活下去」而已，也許這個過程本身就是生命的意義。

死亡並不可怕，我們之所以害怕死亡，是因為未知。

不知道死後的世界是什麼樣子，不知道靈魂會前往何處。

「我不怕死，只怕死後。」

「死後？」

「我們都相信自己能夠投胎轉世，在這之前有另一個世界可以暫時容納我們的靈魂，或許姊也是去了那裡，並默默守護著家人。可是，這是真的嗎？誰也無法肯定死後的世界確實存在，而且被留下的親人，像是我的父母親和兄長們，還有我，都多麼難過……」我看著奧里林，希望他能給我解答。

「我又沒死過。」他再度冷笑，我這才發現他居然有點幽默感。

此時我忽然想到，他幾歲了呢？

傳說中吸血鬼長生不老，也不會死亡，或許他已經活了好幾百年，或許他來自別的國家，或許在我死了之後，他仍會繼續活著，然後去到其他地方。

「也是，我應該會先死，如果真有所謂的靈魂，我也許可以回來告訴你答案。」我苦笑。

聞言，奧里林的眼神變得猶疑，他看著我的表情讓我略感不自在。

「怎麼了？」

「妳想知道死後的世界是什麼樣子嗎？」他平靜地開口。

我歪頭。

他換上可以說是嘲諷的神情，「死後的世界，什麼都沒有。」

「什麼都沒有？」

「人類所幻想的，無論是天堂還是地獄，無論是西方極樂世界還是輪迴道，什麼都沒有。人死後便化為烏有，靈魂將只存在幾秒，接著永遠消失。」

他勾起冰冷的微笑，而我的內心一陣悲傷。

他在漫漫生命當中，見過了多少人類的死亡？

說不定他還經歷過世界大戰，可能正是因為如此，他才更不相信有死後的世界。

而且基本上他是已死之人，畢竟身為吸血鬼。

所以嚴格說起來，他也算待在死後的世界，不是嗎？

「我不相信沒有死後的世界。」

「妳一個月前也不相信我們的存在，現在呢？」他用鼻子哼了聲。

我咬著下唇，無法反駁。但人類之所以需要信仰是有原因的，或許死去的人怎麼了從來不是重點，重要的是活著的人該怎麼繼續生活。

信仰的力量，令活著的人有勇氣能夠走下去。

我看著奧里林，不知道對他來說，活著的感覺又是什麼呢？

「為什麼用那樣的眼神看我？」他顯得有些惱怒。

「我可以問你幾歲了嗎？」

「年齡對我們而言沒有意義。」他擺擺手，「這妳不必知道。」

「那，尤里西斯和你是什麼關係？」

「妳問太多了。」

「反正我都會忘記，不是嗎？」我再次提醒他，並撐起一個微笑，「我現在覺得頭比較不暈了，就當作給我的鼓勵，好嗎？」

「鼓勵？妳是小孩子嗎？」他笑了聲。

「對你來說，我的確是小孩子不是嗎？」

他的眼底流露出一絲興味，「還真會討價還價。」

我聳聳肩。

「我們是同種族，卻又不一樣。不過這些事情都不應該告訴妳。」

「你們的社會有法規嗎？」我再問，「你們有階級地位之分嗎？有類似吸血鬼國王的角色存在嗎？」

奧里林的藍色眼睛瞇成一條線，「吸血鬼這稱呼對我們來說並不是褒意。」

我一愣，「喔，抱歉。那……長生？」

「我不是長生。」

我嘟起嘴，「你又不說清楚，我怎麼知道？怎麼喊都不對！」

「妳在生氣嗎？」

「沒有。」

他是故意這麼問的嗎？

不過見他一臉真的不明白的樣子，我想起一直以來都聽說吸血鬼沒什麼感情，他們只是長得像人類，並不具備人類的情感。

「怎麼說呢，我這種心情比較偏向於……應該是說……」我絞著手指，不知該如何解釋自己的感受。真是矛盾，居然也有自己都難以說明的情緒。

我手足無措的樣子令他的嘴角揚起一絲笑意，不是冷笑，而是發自真心的微笑。

「你笑了。」

此話一出，他立刻板起臉孔，看來他並不想讓人見到他的笑容。

「好了，我該走了。」他起身，向我伸出手。

「我問最後一個問題。」我稍稍偏頭，「尤里西斯吸過我的血之後，為什麼會說『這次你的目標是她嗎』呢？」

聞言，奧里林的眼底洩露出殺氣，我噤聲。

他的手伸過來，覆蓋在我的額頭與雙眼前。

「奧里林。」我低聲說，「如果尤里西斯之後來找我，又吸到我的血，是不是就會看見剛才那段記憶？」

放在我臉上的手一僵。

賭對了！

我裝得無辜，「剛剛我們的交談裡，有你不想讓他知道或看到的事嗎？我猜尤里西斯得知的記憶是以畫面呈現對吧？透過我的眼睛看見曾經發生的事。」

奧里林沒有動作。

「如果我忘了一切，成為他的目標的機率就更大了……不對，即使我保有記憶，也絕對沒法抵抗的，根本沒有逃跑的可能。」我想起在樹林裡被他追逐的時候，就算是獵豹也肯定跑不贏。

奧里林輕笑，接著他的手從我眼前放下。

我再次看見他的雙眼，奧里林的目光已經不再如先前一般冷漠，那冰冷的藍轉為暖陽下的地中海。

他的表情柔和，「所以，妳想說什麼？」

我深吸一口氣，「要麼，你吸乾我的血，一勞永逸，我還可以告訴你死後世界是什麼樣子，要麼，你每隔一段時間就回來一次，確保我的安全，如何？」

他像是在考慮我的提議，最後瞇眼審視我，「談條件的人類。」

「你也可以選擇不接受。」我攤手。

奧里林泛起微笑，這次帶了些溫暖，彷彿人類。

於是，我記得奧里林，記得了一切。

此後，每個月的月中與月底的夜晚，奧里林都會來看我。

有時他只是站在窗外遠處，藍色雙眼在漆黑中發著光芒，又有時當我休息的時候，他會站在我房間的窗邊，通常頂多待個十秒便離開。

偶爾我替在田裡工作的父母親和兄長送便當時，聽見樹林傳來的沙沙聲響，總以為是尤里西斯。但下一秒，我馬上會想到，奧里林一定在某處守護著我，雖然可能是我自以為，不過這麼想的確使我安心許多。

大約過了三個月，某天深夜，奧里林來到我房內。

「奧里林？」我睡眼惺忪地從床上起身，他面無表情站在床尾。

「我要暫時離開一段時間。」

「離開？」我的腦袋一時轉不過來，「那你什麼時候回來？」

「我本來就沒有固定的居所，在這裡待得那麼久，是特殊狀況。」他說。

那我怎麼辦？

我差點脫口說，可是，他並沒有義務永遠保護我。

一陣哀傷湧上，不管願不願意，離別總是來得突然。

「所以你要消除我的記憶嗎？」

他沒有回答，卻瞬間來到我的眼前，朝我伸出手。

我閉上眼睛，感覺喉頭發澀。

即便終究不能記得他，我還是很高興曾有這段時光。如果可以，我真希望一輩子保留這些記憶。

「可以認識你，我很高興。」在他的手掌覆蓋下，我流著眼淚，「如果哪天你又回來此地，就算我不記得了，也請你一定要來看看我。」

「或許到時候妳都是老人了。」他的聲音一如往常冰冷，然而我隱隱覺得，他應該也捨不得。

他親手消除了多少記得他的人類的記憶？

他會遺憾嗎？他會心痛嗎？

他會寧願有人記得他嗎？

「可能我老得皮膚都皺掉了，你還是和現在一樣年輕帥氣。」我扯了扯嘴角。

他的手停留在我眼前許久，最後跟上次一樣，移開了手。

「再讓妳記得一段時間也不是壞事。」他將自己脖子上的項鍊取下，為我戴上，「我不在的這段時間，這交給妳保管。」

我看著銀色十字架造型的鍊墜，正中央有顆淡紫色寶石發出微微光芒。

「你不怕十字架？」

「人類很喜歡隨便幻想我們的世界。」他露出輕蔑的笑，「尤里西斯已經離開這附近一陣子，妳不會有安全上的問題，但若遭遇危險，這條項鍊可以暫時幫助妳。」

我緊捏著十字架，覺得非常感動。

「為什麼又哭了？」

「這是開心的眼淚。」

「人類難過和傷心時都會掉眼淚，還真是奇怪。」他笑了。

我這輩子第一次感覺到如此幸福，在那個夜裡，奧里林將他最重要的東西之一交給了我，那條項鍊所代表的意義，當時我渾然不知。

奧里林待在屋內陪伴我，直到我入睡。

當外頭的陽光變得刺眼後，我醒來，昨夜的奧里林像夢境一般，但我摸著胸前閃耀的銀色十字架，這告訴我一切都是真實的。

「所以他去了哪裡？」我削著蘋果皮。

奶奶輕輕搖頭，「我從不過問他的事情，那個世界離我太遙遠，即便我曾經十分接近，他依然對我保有祕密。」

我不以爲然。早年女人總是將自己的地位放得很低，丈夫說東便是東、說西便是西，所以她當然不會去問。

換成是我，不管怎樣都一定會追問清楚，要是對方有意隱瞞，就看我怎麼修理他。

不過我這麼認眞幹麼？這些只是奶奶的幻想，她一定是想不到該怎樣解釋奧里林去了什麼地方，才含糊帶過。

我把蘋果切成小塊，從櫃子裡拿出果汁機，將插頭接上電源後，放入蘋果打成果泥。從這個角度看過去，正巧可以瞥見奶奶的衣領裡頭有條閃閃發光的東西。

「奶奶，那是什麼？」我將打好的蘋果泥倒入碗中，用湯匙舀起一些，湊到奶奶嘴邊。

奶奶勉強吃了一口，接著拉出戴在脖子上的項鍊，「我剛剛說到的項鍊。」

純銀十字架的正中央有兩個交錯的立體圓圈，圓圈中心的部分鑲有一顆散發出淡淡光芒的紫色寶石。

那紫色非常淡，隱隱約約透著點白芒，似乎可以見到寶石內部的紋路，但我沒有看得特別仔細，只覺得那是條價值不菲的項鍊。

「是爺爺送妳的嗎？」

「我不是說過了，是奧里林給我的。」奶奶發起脾氣，模樣就像少女似的，「而且他也不是送我，是交給我保管。」

「如果是要妳代爲保管，表示他總有一天會回來拿，可是都過多久了啊？」我又餵了一湯匙蘋果泥到奶奶口中，故意說：「該不會從奶奶十六歲到現在都沒有回來過吧？」

「當然不可能！」奶奶反駁，不過眼神馬上黯淡下來，「當時我確實抱著再也見不到他的心理準備，但他回來了，他眞的回來了……」

我忍不住翻了白眼，正巧護理師進來，表示要幫奶奶更換點滴，我便趁這時候到醫院一樓透透氣。

陽光普照，我伸了個懶腰享受屬於冬日的暖陽，接著拿起手機撥給梁又秦。

「怎麼有空打給我？不是在照顧奶奶嗎？」梁又秦愉快的聲音從電話那頭傳來。

「我每天都在聽奶奶編出來的故事，覺得快要脫離現實了。」

梁又秦大笑，「那要不要我帶妳去一個可以回到現實的地方？」

「夜店是嗎？」

「哈哈，知我者千蒔也。」

我想了想，今晚媽媽會過來照顧，而且我的確有些累了。

「我考慮一下吧。」畢竟親人住院的時候還跑去玩樂，實在稱不上妥當的行為。

「讓妳考慮到晚上十點。」梁又秦丟下這句。

掛掉電話，我看著前方駛來一台又一台車輛，醫院門口有許多病患出入，也有不少陪同的家屬。

在人來人往之中，我忽然瞥見一個突兀的身影。

高大挺拔，穿著黑色合身大衣，雙手插在口袋裡，銀色的頭髮飄逸。

我想再看得清楚一些，對方卻消失了。

我皺起眉頭。銀色頭髮，不就和奶奶說的奧里林外型一樣嗎？

可是他是吸血鬼，吸血鬼怎麼能在白天出現？

不對，我在想什麼，奶奶那些話都是虛構的啊！

聽了太多奶奶說的故事，我自己的腦袋可能也有點不正常了，居然會在現實裡看見幻想出來的人，太誇張了。

這樣下去不行，我連忙又撥電話給梁又秦。

「我考慮好了，老地方見。」

梁又秦喊了聲YES，興沖沖表示今晚一定要釣到男人。

我深吸一口氣，再次看了看剛才「奧里林」出現的地方，那裡什麼也沒有。

第四章

陽光落在奧里林身上，他的銀色頭髮因此熠熠生輝。

他平靜地轉過身，沐浴在金陽之下，那對雙眼那樣地令人著迷。

奧里林比預想中還要快回來。

一個月後的某個夜晚，我感受到那條項鍊的溫度比平常還要高，散發的光芒也比以往來得亮。

我留意著周遭動靜，只有蟲鳴與樹葉被風拂過的沙沙聲響。

我驀地有些害怕，於是將自己整個人用棉被包起來，蜷在床角，並摸著脖子上的項鍊。

「別怕，奧里林就在我身邊。」

我喃喃自語，考慮著要不要去哥哥的房間。但如果真的是尤里西斯，或是其他長生來找我，這樣不就害到哥哥他們了嗎？

所以我只能祈求趕快天亮，因為長生害怕陽光。

「奧里林丟下妳一個人啊？」漆黑的房間角落忽然冒出聲音，我嚇得差點跳起來。

「誰！」

「這麼快就忘了我？」對方稍稍往前，月光照亮他獰笑的臉。

「尤里西斯！」我驚呼。

「好感動哪，居然記得我的名字。」他舔拭著自己的嘴唇，我再一次看到那白森森的尖牙。

「你、你要幹什麼？」我更加往床角縮，幾乎企圖把自己塞進牆壁。

「妳的血的滋味，我真是忘不了啊，再讓我吸一口就可以了，好嗎？」他豎起一根手指。

下個瞬間，他跳到我的床上，將我壓在牆邊。

「不要！不要！」我尖喊。

「可以再叫得更大聲點呀，最好把妳的家人都引來，讓我飽餐一頓，不知道妳的家人味道是不是跟妳一樣好。」

他的話讓我一怔。不行，我不能拖累家人。

「乖孩子。」見我安靜下來，他靠近我的脖子，湊上利牙。

奧里林，對不起，有關你的記憶要被看見了，很抱歉我保護不了……

也許我今天就會死去，和姊姊重逢，但父母親將何等悲傷，我不敢想像。

然而在劇痛襲來的剎那，尤里西斯發出痛苦的尖叫，彷彿野獸遭到獵人狙擊一般淒厲地哀號。他彈到天花板又墜落下來，全身縮成球狀，還冒出白煙。

我目瞪口呆看著這一幕，隨即意識到不能繼續待在這裡，於是立刻拔腿往外逃。

月色皎潔，照耀著前方道路的銀色月光像奧里林的頭髮一樣，為漆黑畫布點綴上星子般的輝芒。我一路逃往樹林，只盼能讓尤里西斯找不到我。

碎石刮傷我的腳底，長草劃破我的肌膚，我不斷地跑，直到瞧見第一次遇到奧里林的那棵大樹。

樹幹上有個能讓我容身的樹洞，我縮到裡面，握緊項鍊上的十字架墜飾，祈禱自己能夠撐到天亮。

樹洞裡有股原木的味道，還有一點點潮溼的氣息。

有東西爬過我赤裸的腳，我逼自己不要去確認是什麼蟲子。

不知時間過了多久，我的心跳仍舊跳得飛快。

安靜點，心臟！

平靜點，呼吸！

我將自己的一切聲息壓到最輕，避免被尤里西斯發現。

在樹洞中，十字架上的寶石發出淡淡微光，剛才一定是十字架保護了我。

我親吻十字架，流下眼淚，內心無比感激奧里林。

他又救了我一次，這是第三次了。

可是我也記得奧里林說過的，這條項鍊不是萬能，只能暫時幫助我，所以我依然必須小心。

剛剛尤里西斯雖然看起來非常痛苦，並且傷得很重，不過誰知道長生的恢復能力如何？也許他會很快復原，又也許他會死在我的房間。

但長生應該不會那麼容易死亡。

所以，我必須繼續等待天亮。

咚咚咚的聲響傳入耳中，我頓時緊張起來。很快，咚咚聲的頻率更加密集，這時我才發覺聲音來自我自己的胸口，是心臟的跳動聲。

可是，為什麼心跳聲會突然這麼明顯？

我馬上明白了原因。

樹林裡不知道什麼時候變得安靜異常，風不再吹，好像回到了我來找姊姊那夜。

下一秒——

「快出來喔。」尤里西斯的話音戲謔中帶著一絲怒意。

我趕緊摀住自己的嘴巴，我甚至連他的腳步聲都沒聽到。

「我知道妳躲在樹洞裡，要我過去把妳抓出來也可以，但我想看見妳自己走出來的可憐模樣。」

誰會乖乖出去！誰要出去！

我握緊十字架，就快天亮了，我已經可以隱隱看見天空轉為紫色，很快就要天亮了！

「出來吧，妳……那個，妳叫什麼來著啊？」尤里西斯說。

誰會告訴你我的名字！

然而，我卻聽見尤里西斯輕笑著問：「你妹妹叫什麼名字？」

「允心……封允心。」

我心下大驚。是五哥？怎麼回事？為什麼五哥會……

克制著想要探出頭的衝動，我要自己冷靜一點。

「喔——封允心啊，快出來喔，不然我可要咬妳哥哥了。雖然他的味道聞起來一點也不好，男人的血就是沒女人的來得香啊。」

我的腦中一片混亂。真的是五哥嗎？還是他在騙我？

長生能偽裝其他人的聲音嗎？

但如果是這樣，尤里西斯又怎麼會知道我的名字？

不，要查出我的名字一點也不難。

可是，為什麼五哥會……難道是因為聽到我房間的騷動，所以去一探究竟了？

那其他人呢？父親、母親和四哥呢？

而且五哥一向很有精神，語氣不會那樣有氣無力的，難道他怎麼了嗎？

「我只給妳三秒。」尤里西斯尖銳的聲音刺進我耳中，「一、二……」

他還沒數完，五哥就放聲慘叫，顯得痛苦不堪，而我明白發生了什麼。

被長生咬的時候，渾身會如同被火焚燒般，那種所有血液都要離開體內的痛楚難以言述。

「不要！」我驚呼，立刻爬出樹洞。

尤里西斯正咬著五哥的脖子，而五哥雙眼空洞。

「放開五哥！」

尤里西斯滿意地看著我，沾血的嘴唇綻開笑容，刺入五哥肌膚的尖牙清楚可見。

五哥面色慘白，近乎昏迷。

「不要這樣！放開我哥哥！」我哭喊著想接近，但尤里西斯一轉眼抓著五哥跳到後方的樹上。

五哥的脖子仍被咬著，幾滴鮮血滴落在地面上。

「丟掉那條項鍊。」尤里西斯舔舔唇邊的血。

我緊皺眉頭。

「不然我殺了他。」

「不！」我連忙制止。

終究逃不過，是嗎？

握緊鍊墜的手漸漸鬆開，我看著奄奄一息的五哥。

「你要答應我，不能傷害我任何一個家人！」

「拿下項鍊。」

我知道自己沒有能耐跟他談條件。

不過至少現在，我可以拯救五哥。

於是，我將項鍊取下。

「丟到旁邊。」尤里西斯站在樹梢上說。

我將項鍊丟在一旁的草叢裡，隱約間還可以看見那紫色微光。

確定我放棄項鍊後，尤里西斯跳了下來，穩穩地落在草地上，並在落地的瞬間放開五哥。五哥無力軟倒，有些茫然地看著我，脖子上的血汩汩流出。

「五哥怎麼了？」

「只是稍微催眠他了。」尤里西斯朝我逼近，「妳還有空擔心他？」

「那也許是我最後該擔心的事。」

「哈哈哈哈！」尤里西斯狂笑，抬頭看看泛紫的天空，「在天亮以前還有幾分鐘，我們來玩一玩吧？」

真是惡劣的興趣，他的行為和貓玩弄壁虎一般，但動物是因為好奇，尤里西斯卻是出於殘忍。

「逃吧！我會追上妳的，在妳還來不及感覺到痛的時候，就已經死了！」他展開雙臂，「不照我說的做，我就咬死妳哥哥。」

我別無選擇，只能聽從他的話開始拚命地跑。

穿梭於樹林間，黑暗之中，所有樹木看起來都像張牙舞爪的怪物，尤里西斯追在我後頭，發出刺耳的興奮尖笑，我恐懼得血液好似要沸騰，心臟猛烈收縮。

「越是害怕，血就越是冰涼，喝起來越是美味啊……」他的聲音迴盪在林中。

我的淚水隨風飄散，臉龐被樹枝劃傷，鮮血的味道讓尤里西斯更加瘋狂。他拉近和我之間的距離，狂喜著喊：「好香、好香，讓我吃了妳吧，將妳的全部獻給我吧！」

下一瞬，我被他抓住，身子騰空旋轉了一百八十度，頭部撞擊到泥土地面，被他死死壓著。

尤里西斯的瞳孔細如尖針，黃色眼珠和爬蟲類一樣，絲毫不帶感情。

「奧里林，你的女人永遠都是這樣的下場，即便你再怎麼想保護，她們終究難逃一死。」尤里西斯的話吸引了我的注意，我還沒問出口，他已露出尖牙。

「那你就該記得，永遠別對我的東西出手。」

冰冷的聲音從上方傳來，尤里西斯眼底閃過一絲詫異，接著整個人被往後甩去。

奧里林站在我身旁，「被咬了嗎？」

我用力搖頭。

「那就站起來。」他說，接著朝尤里西斯衝去。

他們之間的打鬥太過迅疾，我根本看不清楚，只知道奧里林是占上風的。在奧里林的手掐住尤里西斯脖子的瞬間，天空也漸漸泛起魚肚白，於是我趕緊大喊。

「天要亮了！」

尤里西斯立刻掙脱奧里林的手想逃開，但奧里林快速地用另一隻手再次掐住他。

「天要亮了，太陽就要出來了！」以為奧里林沒聽到，我又喊了一次。

「放、放開！」尤里西斯異常慌張，我從沒看過他如此驚懼。

奧里林舉高扼住尤里西斯脖頸的手，尤里西斯雙腳離地，就這樣被單手舉起。

奧里林露出微笑，笑容是那樣的冷酷。

「混、混蛋！你真的想……想殺了我？」尤里西斯斷斷續續地說。

「向我保證，你不會再傷害封允心以及與她有血緣關係的人。」

這是奧里林第一次喊我的名字，不過我沒有心情高興，因為太陽正在升起。天空慢慢轉亮，我已經看見光芒從山頭那邊透出。

「啊……啊啊啊！」尤里西斯慘叫，他的身上又冒出白煙，像是蒸氣一般。

「向我保證！」奧里林重複要求。

「我發誓我會殺了你、殺了你珍愛的一切！」尤里西斯瘋狂地喊，他的皮膚變得通紅，白煙也越來越多，緊接著，他的肌膚逐漸潰爛。

「最後一次機會了，尤里西斯。」奧里林再次勾起笑意，陽光穿過樹葉間的縫隙，灑落在我們周圍，我感受到溫暖，這是我所期盼的希望。

尤里西斯淒厲地尖叫，痛苦萬分，表皮有如被扒掉了似的，暴露出血紅的肌肉層，模樣悽慘至極。

然而奧里林呢？

他一點事也沒有，非但不像尤里西斯那麼痛苦，甚至還很享受這個時刻。

「我發誓！我發誓我不再傷害封允心和與她有血緣關係的人！」尤里西斯終於忍不住折磨，他一說完，奧里林便鬆開手，尤里西斯一邊哀號一邊衝進樹林深處。

太陽完全升上來了，樹上的鳥兒清脆地啼叫，暖風拂過草尖，陽光落在奧里林身上，銀色髮絲因此熠熠生輝。

「奧里林……」我不可思議地看著他。

他一臉平靜地轉過身，沐浴在金陽之下，他的雙眼那樣地令人著迷。

奧里林朝我走來，手中是被我丟在草叢裡的項鍊，紫色的光芒變得耀眼了。他將項鍊戴在我的脖子上，我似乎捕捉到他眼底的一絲溫柔。

我戰戰兢兢伸出手，觸摸了他。

當我朝他伸手的時候，他明顯猶豫了一下，彷彿隨時都準備退避。

但我還是摸到了他的臉頰。

我淚眼婆娑看著他，想告訴他我很害怕、想向他道謝，也想對他說，我總算還是守住了我們之間的回憶。

可是，我最想問的是，你是什麼？

你是長生，卻又不是長生嗎？

為什麼尤里西斯懼怕太陽，你卻能在陽光下行走，一如往常那般優雅從容？

最後，這些話語都化為淚水，埋沒在他溫暖的懷中。也許是他難得對我如此溫柔，所以我擁抱住他，靠在他的胸膛嚎啕大哭。

「等一下，奧里林不怕陽光？」正在削第二顆蘋果的我，因爲出乎意料的設定而驚訝得停下手。

「他確實不怕。」奶奶輕啜一口我剛泡好的茶。

「眞是奇怪，這樣他還算是吸血鬼嗎？」

「我不知道。」

「也有奶奶妳不知道的事啊。」我揶揄地說。

「他……不會說太多自己的事情，我也不會過問。」奶奶的目光飄得很遠。

「也是，之前奶奶就提過了。」

每當出現難以解釋的矛盾，奶奶便會推說是對方不願說，這故事還眞是好掰。

不過，我想到了剛才在醫院外看見的人。

既然他不怕陽光，那麼那個有著銀髮的男人，該不會眞的是奧里林吧？

我提醒自己，千萬別將在醫院前看見銀髮男人的事告訴奶奶，因爲她一定會很自豪，自己所編造的故事讓我產生了幻覺。

將蘋果切塊放進保鮮盒後，我幫奶奶把手上的茶杯擱到旁邊的桌上，隨口問：

「所以尤里西斯後來還有騷擾妳嗎？」

「當然還是有再出現……」

「所以說，誓言果然永遠都是不可靠的呢！」我插話。

奶奶皺起眉頭，不是很高興，「我還沒說完，妳幹麼插嘴？」

我兩手一攤，「好、好。」

「長生和人類不一樣，他們可是非常堅守誓約。那對他們來說不僅僅是言語，而是一種束縛。」

「什麼長生，吸血鬼就吸血鬼嘛。」我不禁吐槽，奶奶居然入戲到還繼續用這個稱呼。

奶奶不悅地盯著我，我只好閉上嘴巴聳聳肩，說故事的人總有莫名的講究。她似乎還想對我說些什麼，不過最後作罷了。

「話說回來，如果對他們來說誓約很重要，那尤里西斯不是先激動地喊會殺了奧里林，還有奧里林所珍愛的一切嗎？這樣的話，奧里林有被殺死嗎？」

奶奶馬上滿臉怒意，「呸！呸！烏鴉嘴！奧里林不會有事的，直到我死了以後，他都還是會活得好好的！」

一旁的儀器發出嗶嗶聲響，奶奶的血壓迅速上升，我嚇得趕緊安撫她。

「抱歉，奶奶，我說錯話了，妳不要生氣。」

緊接著，一連串的腳步聲急奔而至，護理師衝了進來，要奶奶躺下，並從工具推車上的某個玻璃罐中取出白色藥錠，要奶奶含在舌下。

奶奶喘著氣，一邊還怒瞪著我，「烏鴉嘴、烏鴉嘴，奧里林不會死，尤里西斯那句話才不是誓約。」

「請妳不要刺激病人好嗎？」護理師小姐嚴厲地訓斥。

我相當懊悔，也許奶奶在這世上的時間不長了，我就好好聽著她的故事，爲什麼要反駁或是刻意戳破呢？

我過去從沒孝敬過她，或許這是我最後能盡孝道的時光了。

傍晚，媽媽來交班時，奶奶還在睡覺。我稍微提了下午奶奶血壓升高一事，媽只是皺著眉拍拍我的肩膀，說辛苦了。

看了眼依然沉睡的奶奶，我離開病房。

和梁又秦見面前，我先回家一趟沖了個澡，仔細上了濃豔的眼妝，並用離子夾將長髮夾卷，而後穿上熱褲與黑絲襪，搭配長靴。

準備赴約的時候，我忽然想到之前在捷運站遇見的男人。他當時說了句「太像了」，奶奶也表示我的長相會為自己帶來麻煩。

我們年輕時果然很相像吧？

至少這一點是我可以確認的，於是我脫下長靴，朝書房走去，開始翻找相簿。

首先找到的這本相簿中，大多是我小時候與家人和親戚的合影，我們的確沒怎麼和奶奶相處過，所有親戚都曾出現在照片中，就是沒有奶奶。

連過年時我們也沒和奶奶相聚，看來要找到奶奶早期的照片恐怕難度更高。

我將幾本相簿放到一邊，打算改為從外觀最舊的相簿下手，但找過一輪後依然毫無所獲。這時梁又秦打電話過來催促，我只好將相本堆到桌上，打算有空再仔細找找。

正想離開書房的時候，我的目光不經意瞥到書櫃上方，發現那裡放了幾個盒子。抱著看看也不礙事的心態，我拉了把椅子過去踩上，小心翼翼將盒子拿下來。

布滿灰塵的盒子令我連打好幾個噴嚏，我將盒子放在地上，一手摀住口鼻，另一手則打開盒蓋。

賓果！

裡頭同樣放著幾本相簿，其中有許多爸爸幼時的照片，也有伯父和姑姑的。我取出其中一本翻閱，看到了爸爸剛上小學時在校門前與同學的合照，和伯父等人就學時期的照片，以及他們在三合院裡遊玩留下的身影。

當然還有慈祥的爺爺，以及有些漠然的奶奶。

透過照片，我更加明白了爸爸所說的那句話。

「她就像是在盡義務一樣，只是把我們這幾個孩子養大而已。」

奶奶的表情並不嚴肅，但毫無感情，彷彿人偶般站在那裡，不帶身爲人該有的任何情緒。不是母親、不是妻子，甚至不是封允心這個人。

然而不得不說，撇除表情不談，年輕時的奶奶和我長得幾乎一模一樣。

手機鈴聲打斷我的思緒，梁又秦老大不高興地問：「小姐喔，到底要等妳多久啊？」

「我馬上過去。」

我將相本闔起，放回盒子內，塞到旁邊的櫃子下層。我有預感，很快我會再將這些照片拿出來看。

我匆匆趕到約定地點，這裡夜店眾多，年輕人若是想尋找刺激或飲酒作樂，十之八九都是往這跑。

遠遠便可瞧見梁又秦穿著皮褲與短版上衣，露出纖細的腰，閃亮的肚臍環相當引人注意。

「妳眞是慢死了！等等要多請我一杯酒！」梁又秦捏了下我的臉頰。

「出門前因爲有事耽擱了，等等請妳兩杯。」我豎起兩根手指。

梁又秦眨眨眼睛，「爽快！」

她帶著我朝一家夜店奔去，門口穿著火辣的服務人員在我的手腕處蓋上印章，我們兩個說笑著踏進電梯，前往位於地下的夜店。

「妳奶奶好點了沒？」在電梯內，梁又秦問。

「妳知道嗎，她超怪……」我頓了頓。該告訴她奶奶所說的那些故事嗎？

我確實不相信，但說出來好嗎？

在這瞬間，我猶豫了。

「怎麼了？很嚴重嗎？」

我回過神，隨口敷衍，「沒什麼，就是常說一些怪話罷了，反正我們也不親，沒什麼。」

「特地說了兩次沒什麼反而有鬼。」梁又秦瞇起眼睛，這時電梯門打開，震耳欲聾的音樂像猛獸一般朝我們襲來，梁又秦的注意力馬上被吸引過去。她拉著我的手，開始隨音樂擺動。

而我也情緒高漲，奶奶所杜撰的一切都被我拋到九霄雲外。

我們先到吧檯點了兩杯酒，通常只要這麼做，接下來就會有人過來請喝酒。

果不其然，很快有兩個二十出頭的男生也過來點了酒，我和梁又秦對看一眼，用眼神交流對這兩個男生的評價，最後只和他們喝了一杯。在他們想開始揩油的時候，我們趕緊說要去廁所，卻是直接搭上電梯離開。

因爲喝了酒，我的身體有些輕飄飄的，心情也異常興奮，我們兩個在騎樓下哈哈大笑，很快鎖定第二家夜店。

「這一家的客人素質比較高。」梁又秦嚷嚷，電音舞曲直衝耳膜，她把我拉往舞池，「看中哪一個就貼過去！」

我笑著搖頭，我沒她玩得那麼瘋。

不久，梁又秦在一位男士的邀請下和對方親熱起來，而我則回到吧檯邊點了杯酒，不時留意梁又秦是否還在視線範圍內。

我們說好了，在夜店怎麼玩都沒關係，唯獨必須注意自身安全，兩個人一起進夜店，就必須兩個人一起出來。

當我喝完手上這杯酒時，酒保又遞來一杯，我很熟悉這樣的狀況，只見酒保面帶微笑指了坐在斜對角的一名男子。

燈光昏暗，加上酒精影響，我看不清那個人的臉，但直覺長相應該還不賴。不過話說回來，每次進夜店我都覺得大家全是帥哥美女，畢竟看不眞切。

我朝男人舉杯，順便給了一個笑容，對方也拿起酒杯回敬。

他一口氣喝完，我照做，他豎起拇指，朝我走過來。

當他越靠越近，我才發現他是外國人。那雙眼睛十分深邃，眼珠是琥珀色的，一頭褐髮不知是染過還是原有的髮色。

「一個人？」一開口，他說出標準的中文，讓我有些訝異。

「我和朋友一起來的。」我指了指在舞池的梁又秦，「你中文說得很標準。」

他露齒微笑，同時向酒保示意，酒保送上兩杯酒。

「我在臺灣生活很久了，不只中文說得不錯，其他語言也很流利喔。」他對我眨眨眼，將其中一杯酒推向我。

短時間內喝了太多混酒，我擔心會無法保持清醒，所以禮貌地拒絕。

「最後一杯。」男人注視著我，語氣略帶勸誘。

我敵不過那雙會說話的眼睛，只好一飲而盡。

「話說，妳長得好面熟呀……我們是不是在哪裡見過？」他靠向我一些，氣息幾乎貼在我臉上。

這個老招我早就遇過，於是搖著頭笑說：「我最近可沒認識任何外國人。」

「不是最近，是很久以前，更久以前。」他瞇起眼睛，那琥珀眼珠如寶石般閃耀，「而且，今天不就認識了我？」

「也是。」我哈哈大笑，「最近還眞不少人把我認錯啊！」

「還有誰？」他挑起一邊的眉毛。

我覺得頭有點昏，眞的喝得太急了。我將手臂放在吧檯上支撐身子，搖著腦袋，「就那個……在捷運站，一個很高的男人，眼睛是棕色的……」

「薩爾？」

「對……就是這名字，但我不知道……」說著，我瞪大眼睛。

一陣前所未有的寒意爬上，這個名字是奶奶告訴我的，只存在於奶奶的幻想之中，可爲什麼眼前這素昧平生的男人說得出來？

我抬頭，不可思議地看著他，那黃色雙眼透露出危險的訊息。

「尤里西斯？」我不敢相信自己會這麼問，這應該是奶奶所編造的人名。

男人微笑，分不出是否認或承認，然而我恐懼得想逃離。

此時，我的肩膀被人拍了下，我立刻嚇得放聲尖叫。

「妳幹麼啦？以爲這裡很吵，大家就聽不到妳尖叫嗎？」因爲酒精的作用，梁又秦滿臉通紅，她牽著剛剛和她一起跳舞的男人，「他邀請我們去他的包廂。」

我驚魂未定地轉過頭，那名外國男人已經不見了，連同他喝過的酒杯也消失，像是不曾存在。

隔天一早，我頭痛欲裂，倒在旁邊睡覺的梁又秦臉上的妝都沒卸，當然我也是。

我只依稀記得昨天幾乎是憑意志力保持清醒，好不容易才甩掉那群邀我們進包廂的男生，還請計程車司機繞了好幾圈路才回到梁又秦的租屋處。

「喂，借妳的浴室和卸妝乳用。」我用力打了下梁又秦跨在我身上的大腿，她皺起眉頭應了一聲，表示有聽到。

於是我起床朝浴室走去，看著鏡中自己因爲喝酒而浮腫的臉，搖頭嘆氣。

再怎樣也不該瘋到這個地步，昨天選擇睡在梁又秦家是明智的，要是讓爸撞見我這副模樣，還不知道會碎念多久。

浴室裡蒸氣氤氳，我沖著澡，回想在夜店發生的一切，記起那雙黃色眼睛。

昨晚喝得太多，當時燈光又昏暗，我一定是眼花了。不過對方的確說了薩爾兩字……

不對，也許跟看到奧里林一樣，我又產生幻覺了。

奶奶的故事越聽越顯眞實，我可能已經不知不覺陷入進去，才會在現實中見到虛幻的事物。

不過，因爲喝了太多酒而出現錯覺還說得過去，但目擊神似奧里林的男人時是大白天，我也很清醒，這該作何解釋？

而且「薩爾」又怎麼說？那個男人同樣提到過奧里林，還是奶奶是聽我說了這件事後，才將這名字套用在她的故事中？

不行，繼續深究下去，最終只會得到一個答案，就是奶奶說的全是眞的。

我怎樣都不會相信的，現在是二〇一七年，許多不可思議的現象都能以科學的角度來解釋了，我連鬼魂的存在都不太相信，又怎麼可能相信有吸血鬼？

況且這裡是臺灣，即使出現什麼非人之物，也該是殭屍或魔神仔吧？

我爲自己一邊洗澡一邊轉著這些脫離現實的念頭感到可笑，關掉蓮蓬頭，我穿上衣服。

昨天的遭遇太不眞實，全當作是酒後的幻想就可以了。

第五章

他看著我說：「也許待在我身邊，才是危險的開始。」

可是在他懷中，我什麼也不怕。

我沒有問奧里林這些日子去了哪裡、做了什麼，如今哭泣的我正在他懷中，其他就都不重要了。

不知不覺間，我已經喜歡上這個人。

應該說，喜歡上這個長生了。

他若知道我在心中稱呼他為長生，一定會很不高興，可是我實在不清楚他到底是什麼，他像長生，卻又不是。

「我該把妳送回去了。」他說，而我不想放開他。

我可以感覺到他的體溫……

體溫？

「你有溫度。」

他勾起嘴角，沒有解釋。為何他總是這麼神祕？

雖然比人類的體溫要低，不過也不像變溫動物那般冰涼，而是溫溫的，有如常溫的水。

但當尤里西斯碰觸我的時候，我感受到的只有冰冷。

果然，奧里林和長生是不一樣的，雖然他不會告訴我，他究竟是何種存在。

「對了，我哥……」我想起奄奄一息的五哥。

「我沒有義務救他。」奧里林冷冷地說。

「但……」

「我並不仁慈。」奧里林撫摸著我的頭髮，「我不會像治癒妳一樣治癒他，那是危險的。」

我當然明白，我不希望五哥也經歷我體會過的恐懼。

「不過我借了醫院的血袋幫他輸血，他不會有事。」

奧里林簡短說明他抵達樹林後看見五哥，用最短的時間「借」來血袋的經過。五哥現在正躺在自己的床上睡得香甜，並且醒來後不會記得任何事。

「尤里西斯說他催眠了五哥。」

「一般長生都具有催眠人的能力，只是能力有強弱之分，有時遇到集中力較佳的人類，也可能催眠失敗。」奧里林橫抱起我。

「我、我可以自己走……」我小聲說。

他揚起不懷好意的笑，讓我的心揪成一團。

「別反抗我。」他說，「抓緊了。」

我聽從他的話，趕緊伸手勾上他的脖子，奧里林的步伐優雅得像是走路般，速度卻快得眨眼便離開樹林，下一秒已抵達我家後門。

「謝謝你……」我紅著臉向他道謝，奧里林卻皺起眉頭，似乎想起了什麼，令我有些疑惑，「怎麼了嗎？」

「我說過，只要項鍊不離身，短時間內不會有其他長生能傷害妳。」

「為什麼他們會怕這條項鍊？」

「我在裡面儲存了陽光。」他指指天空中的太陽，「大概只夠抵擋他們三次，第四次，或是當妳取下項鍊就沒用了。」

我想起尤里西斯渾身冒煙的模樣，對他來說，那痛苦大概就像是被烈日蒸烤。

「尤里西斯要我把項鍊拿下來，否則他會殺了五哥，所以我才……」我低下頭，握緊項鍊。

「隱憂。難保下一個長生不會這樣脅迫妳。」

「下一個長生？為什麼……」

「尤里西斯已經發誓不再對妳動手，契約對我族來說相當重要，不得違反，若違反，將會遭到比烈日直射還可怕的懲罰。但尤里西斯無法對妳動手，不代表他不能將這些事告訴其他長生，聽聞的長生或許會過來找妳。」

「為什麼他們執著於我？」我沒有忽略奧里林說的「我族」兩字，所以他基本上還是長生吧？

「人類不應該知道我們的事情。」奧里林簡單地說，不過我想原因應該沒有那麼單純，肯定有其他理由。

只是跟之前一樣，我不會問出口。

「那我該怎麼辦？我、我並不怕死，只是我和你相處的畫面，你所告訴我的一切，就都會被看見……」說到這裡，我終於恍然大悟，難怪奧里林總是不和我說得太多。

因為人類十分弱小，如果讓我得知較為深入的情報，哪天我被逮到了，奧里林想隱瞞的那些便再也不是祕密。

他看穿我的想法，「所以大多數的長生從不留活口。」

「五哥被咬了，這樣他就有了和尤里西斯之間的記憶，那……」

「除了我們以外，沒人知道妳哥被尤里西斯咬過，且那段記憶太過短暫與模糊。尤里西斯也知道我不可能特地去吸妳哥的血，只為了看無關緊要的記憶畫面。」

我咬著下唇，也許尤里西斯本來打算殺了五哥，雖然其實他根本不在乎五哥是死是活，只要吸完我的血，就會任五哥自生自滅吧。

奧里林凝視著我，「封允心，妳想過跟我走嗎？」

「咦？」我以為自己聽錯了。

「我不可能永遠待在此地，哪天我又離開了，其他長生便會想要吃掉妳，除了因為妳的血令人難以抗拒，也因為可以看到妳與我相處的記憶。而且即使我不走，也不能保證其他長生不會去傷害妳的家人，和今天這次一樣，其他長生可能用家人威脅妳。而若妳跟我離開，就完全在我的保護範圍內，他們無法透過挾持妳的家人達到目的，傷害妳的家人就不再是明智之舉，因為無論他們傷害或不傷害，妳都不會知道。」

我沉默了。如果又有長生用家人來恐嚇我，我的確會放棄項鍊，就跟這次一樣。

到頭來，我既保護不了家人，也保護不了自己，甚至，連奧里林也無法保護。所以我的選擇很明顯了，只有一個。

我抬起頭，堅定地看著奧里林，「我願意跟你走。」

奧里林露出一個稱不上是微笑的笑容，彷彿一切如他所料。他擺擺手，示意我回屋內整理隨身物品。

「這麼快？」

「對我們來說已經算慢了。」

確實，畢竟長生的行動速度很快，也許在這時候，尤里西斯已經找到其他長生，結夥朝我而來了。

沒想到，我連和家人道別的時間都沒有。

「我有本日記，裡面寫了你的事情，放在我的枕頭底下。」我看著挑起眉毛的奧里林，「我只拿那個。」

奧里林點頭，我轉身要進屋，他卻用手壓住門板，將日記輕抵在我的肩膀上，「我進去拿了。」

我不禁一笑，長生的速度真是令人驚訝。

「那，把它燒了吧。」

「我以為妳是要帶走留念。」

我搖頭，在心裡對他說：

因為，你現在就站在我面前。

你，就是我唯一要記得的事物。

於是奧里林燒了那本日記，注視著眼前的餘燼，我覺得似乎也把過去的什麼燒掉了。我告訴自己，未來將是不一樣的路。

「其他的就不帶了。」我決定讓父母以為我消失了、神隱了。

奧里林抱住我，我靠在他的懷中，而他腳一蹬，居然飛上了天空。

我看向下方越縮越小的屋子，沒想到離開一個住了十幾年的家，不過幾秒時間。

「聽說奶奶最近很常跟妳聊天？」剛升大一的童曉淵手裡翻著雜誌，嘴上問了句。

今天爸媽和親戚們請來一日看護在醫院照顧奶奶，以便所有人聚集到我家，討論遺產的分配以及奶奶的後事。

雖然奶奶仍健在，但這是奶奶主動提出的，大家也都明白她時日無多。有些親戚認爲現在就討論不吉利，不過終歸是奶奶的要求，大家最後還是選擇依言行事。

我們這些後輩無所事事，年紀大約在國高中的幾個堂弟妹外出看電影了，更小的孩子則在遊戲間玩耍，而與我年齡最接近的童曉淵待在我房內。

「那算不上聊天吧。」畢竟幾乎都是我在聽奶奶說。

「奶奶說了些什麼？」她翻了一頁雜誌，並用原子筆在某件衣服的照片上打勾做記號。

「喂，那是我的雜誌。」我斜了她一眼，她不以爲意地聳聳肩，交疊起雙腿繼續擅自留下記號。

「那奶奶有錢嗎？」

「我哪知道。」

「這樣的話，大家討論遺產要幹麼？」她指了指門外大人所在的方向，「我連要叫出『奶奶』兩個字都很彆扭，我跟她見面的次數一隻手就數得出來。」

「我還不是一樣。」雖然最近見奶奶的次數多到十根手指已經不夠用了。

「奶奶到底跟妳講了什麼？她有透露她最喜歡哪個孩子，或者她有多少土地還是存款嗎？」

我瞇起眼睛，「妳年紀小小，在意的東西卻很現實。」

她聳肩一笑，彷彿在說：「難不成要在意她的身體狀況？」

童曉淵的態度讓我有些心寒，撇除血緣關係，看見一個這樣孱弱的老人，她難道一點也沒有想要稍微付出關懷嗎？

不過她和奶奶的接觸比我更少，對她來說，奶奶充其量只是個名詞。

話說回來，最開始的我又何嘗不是這麼想的？

「童千蒔，所以奶奶究竟跟妳聊什麼？」

「她說了一些故事。」我沒好氣地回。這傢伙平常總是不客氣地直呼我的名字。

「什麼故事？虎姑婆嗎？」說完，童曉淵哈哈大笑。

「比較有創意一些，她講吸血鬼。」

她先是瞪大眼睛，接著笑得更誇張了，一隻手猛拍著床鋪，「奶奶電影看太多了吧！哈哈哈哈，我受不了了！」

「對啊。」我抽動嘴角。

「眞是辛苦妳了，快笑死我了。」她爬下床，「我去廚房拿點吃的，妳要嗎？」

「妳給我待在廚房吃完，不准在我的房裡吃東西。」

她對我吐吐舌頭，出了房間。

我往背後的衣櫥一靠。是啊，這才是一般人該有的反應。看到幻覺的我，才是不正常的吧。

昨天奶奶的故事說到她決定隨奧里林離開，老實說很令人心癢，奶奶還挺會講故事的，知道怎麼吊人胃口。

不過我依然心存懷疑，所以跑去問了爸爸。爸爸閃爍其詞，只說他哪知道奶奶年輕的事，舅公們也沒提過，因此我還是無法查證。

爸爸肯定瞞著我什麼事，但他不說，我也不能強人所難。

忽然，我靈機一動。

前幾天爸爸和伯父才整理過奶奶的住處，把奶奶的物品全都拿到我家存放了。

所以我再次踏進書房，只打開書桌上的燈。角落堆滿箱子，我隨手打開一個，幸運地找到奶奶再年輕一點的照片，以及我上次看見的，她和爸爸以及爺爺的合影。

年紀再輕些的奶奶和我更加相像了，同時也比較有精神，笑容滿面。

我拿出另一本相冊，裡面有奶奶和一名女子的照片，我想應該是奶奶的姊姊，也就是發生「意外」而離開的那位。

下一本相冊，照片裡的奶奶看起來較爲成熟，畫面中大多是她身穿正式服裝的模樣；接著下一本，我見到她和爺爺站在田野間；再下一本，是她和爺爺結婚時的場景。

我覺得似乎哪裡怪怪的，於是取出更多相簿，發現全是奶奶結婚生子後的家庭照。

我從旁邊拿過最初那幾張奶奶少女時期的照片，仔細檢視，接著比對奶奶穿著套裝的照片。

果然不太對勁。

還是少女的奶奶頂多高中的樣子，爲什麼之後有段時間卻完全沒有照片，直接跳到了身著套裝進入社會工作的時候？

我知道那個時代的年輕人通常比較早出社會，可是兩個時期的照片年齡落差顯然至少有兩歲，難道這段日子都沒有拍照？我不相信。
就算以前相機並不普及，過年時至少也會拍張全家福吧？
對，全家福！
我趕緊打開最開始翻閱的那本相簿，裡面有好幾張全家福，都有奶奶在。
往後翻下去，我注意到接著有兩張合照少了奶奶，以及奶奶的姊姊。後來的幾張奶奶又出現了，只是她的表情完全不同。
奶奶眞的離開過家裡一陣子？
難道她眞的跟著奧里林走了？
穿著套裝的奶奶如同一具傀儡，面無表情，看不出喜怒哀樂，彷彿靈魂都被抽離，只餘空殼。
跟與爺爺合拍的那些照片一樣，奶奶顯得對一切毫不在乎。
因爲她跟奧里林走了，卻又由於不明原因回來了，才會心死了嗎？
這中間到底發生過什麼事？
「千蒔，妳在這邊做什麼？」書房的燈驀地被打開，嚇了我一跳，是媽。
「媽，你們討論完了？」我闔上相本，放回箱子。
「暫時告一段落。妳拿奶奶的相簿做什麼？」
我裝作漫不經心地說：「奶奶說我和她年輕時長得很像，所以我想看一下。」

媽搖頭笑了笑，走過來一起幫我將所有相本收回箱內。

「對了，爲什麼好像少了兩年左右的照片？大概是奶奶高中之後那段時間。」

「有嗎？我沒注意到。」

「會不會是沒拿過來，或是放在伯父家？」

「東西統一放在我們家，奶奶家也清理得很徹底了，全部的相簿應該都在這裡沒錯。」忽然，媽媽想到了什麼，手上的動作微微停頓，「難道是……」

「妳知道什麼嗎？」

媽媽東張西望，確認沒人在附近後才說：「妳爸有次喝醉酒後說過，奶奶年輕時好像曾經和人私奔。」

「私奔！」我驚呼。

「噓！小聲點！」媽媽打了我的肩膀一下。

「怎麼回事？」我連忙壓低聲音。

「妳爸那時候大概是說，『媽就像只是盡義務養大我們，難道是因爲她不夠愛爸的關係？她愛的是與她私奔的那個男人』。」

我也無意間聽到過前面那句話，原來還有下文。

「這件事應該也是某次妳爺爺喝醉後講出來的，當時只有妳爸在場。不過後來妳爸沒再提過，我也不好多問。」媽媽將相本一口氣塞進箱子裡，「或許就是因爲這樣，才會沒有那段時期的照片。這事可不能跟別人說，知道嗎？」

我點點頭。

回到房間，我發現童曉淵這欠扁小孩根本不甩我的話，不僅將食物拿進房，還在我的床上吃得很開心。我衝過去狠狠一打她的大腿，在上頭留下火辣辣的紅印，她只是抱怨了一聲，不爲所動。

而我也不再管她，逕自坐到書桌前思考。

會不會，有關奶奶說的故事，扣除掉吸血鬼那部分，其他都是眞的？

可能曾經有個連續殺人犯在奶奶居住的村莊横行，奶奶的姊姊不幸慘遭毒手，就在奶奶也要被攻擊之際，一個男人現身解救了她。

後來，殺人犯被扭送至警局，奶奶與男人很快墜入愛河，不過奶奶的父母不接受這個對象，於是男人提議私奔，奶奶同意，兩個人一起離開村子。

最後不知道發生了什麼事，奶奶又回到家鄉，和爺爺相識後結婚。

那個與奶奶私奔的男人，就叫做奧里林。

至於薩爾，我猜也許是奶奶年輕時認識的人的子孫。不是很多人都會把自己孩子的名字取作與某代祖先相同嗎？

或許奧里林拋棄了奶奶，和其他女人結婚，所以奶奶才會用一個浪漫的奇幻故事想掩蓋現實的殘酷。

只是，奶奶準確說出了薩爾的外型。不過隔代遺傳的情況也是有的，容貌跟祖先相似並非不可能，就像我和奶奶長得很像一樣。

因爲遭到愛人的背叛，奶奶才總是面無表情。

沒錯，就是這樣，這是最合理的解釋了。

深深吐了口氣，終於眞相大白，我不禁一笑。原來奶奶說的故事是基於現實重新構築出的假象。

但想到醫院前的銀髮男人、夜店裡的黃眼男人，我又皺起眉頭。

如果那兩個人眞的存在，那麼銀髮男會不會是奧里林的子孫？黃眼男則是殺人犯的後代。可是這樣解釋太過牽強了，那些人的子孫還在這陣子統統冒出來幹什麼？

而且有可能他們都長得和祖先那麼像嗎？

算了，絕對是我的幻覺，不會有錯的。

「妳在寫什麼？尤里西斯？」童曉淵不知何時湊到我身邊，我趕緊將紙張揉成一團並撕毀。

「沒什麼。」

「可疑欸！」她搶走我手上的碎紙，我又搶回來。

「別鬧了啦！快把食物拿出去，不然我跟妳媽講。」

「都幾歲了還愛告狀！」

「都幾歲了還聽不懂人話！」

童曉淵一邊碎念一邊離開，而我趕緊將紙張撕得更碎，避免再被任何人看見這個名字。

隔天來到醫院病房後，我將自己的猜測告訴奶奶，奶奶頓時笑了起來，這還是她第一次笑得這麼開懷。

「妳比我更會說故事呢。」

我聳聳肩，「哪比得上奶奶，還創造出了吸血鬼。」

「我說的可是眞實發生過的事。」

聞言，我也不打算多說，被一同私奔的男人拋棄比什麼都慘，何必跟奶奶爭執這些。

「那奶奶，妳跟奧里林走了以後，又發生了什麼事？」我拉過椅子。

「妳不是不信？」

「聽聽也沒關係。」

奶奶的神情轉爲嚴肅，「妳以爲這是故事，但這不是故事。千蒔啊，我告訴妳的一切，妳可千萬、千萬別跟任何人說。」

「我不會啦。」說完我才想到，昨天不小心對童曉淵脫口透露了一點，不過應該沒關係吧，反正只是個笑話。

奶奶點點頭，繼續娓娓道來。

✤

奧里林其實並不是在飛，每隔一段時間他便會回到地面蹬一下，再次離地。

我猜想他應該是在跳躍，只是滯留在空中的時間比較長、高度比較高，而奧里林說這介於飛與跳之間，他們稱之為「跋」。

我問，是不是每個長生都有這樣的能力，奧里林又覺得我問得太多。我認為現在只有我們兩個了，我永遠不會再遇到危險，所以拜託他告訴我一些我想知道的事情，真的不能透露的，我不會執意追問。

他露出若有所思的表情看著我，「也許待在我身邊，才是危險的開始。」

當時我不明白奧里林的意思，在他懷中，我什麼也不怕。

他說，所有長生都可以使用跋，不過能達到的高度及能停留在空中的時間各自不同，一樣視能力強弱而定。

「那你這樣算是平均水準嗎？」我好奇地問。

他勾起不懷好意的笑，「妳覺得呢？」

他居然也會這樣子說話，我不禁紅了臉，低頭不語。

我們在某處停留，暫時休息。站在斷崖邊迎著海風，眼前的美景開闊壯麗，我問他這是哪裡，他說是臺灣東部，不過沒有告訴我確切地點。

「我第一次看見海，真正的海。」海洋雖不如我想像中那般湛藍，依然美得不可思議，我看著白色浪花朝岩石撲打過來，「怎麼不是沙灘？」

「東岸多岩石，妳想看沙灘的話，有一天我可以帶妳去。」

我忍不住笑了，奧里林所承諾的未來令我感到滿心溫暖。

我們就此於花東落腳，奧里林帶我住進一棟別墅，屋內雖然有些許灰塵，但應有盡有。

也許奧里林在世界各地都有這樣的屋子，隨時可以來、隨時可以走，不知道對奧里林來說，家的定義是什麼。

他從玻璃櫃裡拿出一瓶紅酒，將殷紅的液體緩緩注入高腳杯後，端起酒杯走到落地窗邊看向外頭。

「妳自己隨意看看，要睡在哪間房都行。」

我不知道他在看些什麼，原來他也會喝東西的嗎？還是那紅色液體不是酒，而是血？

我依舊什麼也沒過問，默默探索起屋內。

這棟別墅共有兩層，一樓大廳中有座設計典雅的壁爐，電視兩旁的玻璃櫥櫃裡陳列著各式紅酒，而另一頭是廚房與餐桌，餐桌後方的一整片玻璃櫃擺放了美麗的瓷盤。

我沒離開過鄉村，見到什麼都很驚奇，同時也因身處這樣豪華的屋子感到有些不自在。

踩在冰冷的磁磚地上了樓梯，一踏入二樓，映入眼簾的便是長長的走廊，兩側共有四道門。

我猶豫了下，打開距離最近的房門，和我原本在家中的房間相比，裡頭的空間大概有四倍大。我走到那張像公主睡床的床鋪邊，粉紅色的素面床罩細滑如絲，輕壓便彷彿要陷下去一般。

「跟我家的木板床差好多。」我不禁喃喃。

「所以妳要這間嗎？」

「哇！」我嚇了一跳，匆匆轉過身，卻整個人站立不穩，跌進後方柔軟的床，而奧里林只用了不到一秒就移動過來，俯視著倒在床上的我。

「喜歡嗎？」他露出好看的微笑，漂亮的藍眼睛裡彷彿有星芒。

「這、這間太大了……」我別開目光，掙扎著想起身。

他執起我的手，輕輕鬆鬆將我拉起，因為慣性作用的關係，我撲到他懷中，一張臉頓時更紅了。

「妳就睡這間吧。」他放開我的手，迅速往後退一步，「暫時不會有長生來這邊，妳可以安心。」

「你要出去嗎？」

他又微笑，答非所問：「妳可以在這附近走走，不遠處有個市集，那裡可以買到任何妳需要的東西，壁爐上的玻璃罐裡有錢，隨意花用。」

「嗯。」

「白天可以開窗通風，但太陽一下山記得關上。」

「好。」

接著，奧里林轉身離開，我聽見他下了樓梯，大門打開又關上的聲音隨後響起。

他出去了，我卻不知道他打算去哪裡，這才發現，我一點也不了解他。

我走出房間，決定看看其他幾間房。

出乎意料的，那些房間的內部風格全是素雅的單色，床罩也皆是灰或黑色，雖然床墊一樣柔軟。

為什麼只有我那間是粉紅色系？

奧里林本來就打算要帶我走，因此預先為我準備的嗎？

光是這樣猜想，我便不由得幸福地笑起來。

我身上的衣服依然是離家時所穿的，腳上連鞋子也沒有。回房打開衣櫥，裡面有件女用披風，看起來像是母親那個時代的款式，我隨意披上，走下二樓，壁爐上的玻璃罐裡確實有滿滿的鈔票與硬幣。

鈔票的面額都太大，我只拿了幾個銅板，來到玄關處。一雙女用拖鞋擺在那裡，我不疑有他穿上。

奧里林準備得還真是周全，即便拖鞋對我來說太大了點。

外頭陽光普照，很難想像早上我還在家中，下午已經來到臺灣東部的海邊。

人生實在是不可思議。

奧里林的別墅位在上坡路段，周圍沒有其他房舍，可以清楚看見大海。往前走一段距離後，的確有個熱鬧的市集，還有一座香客絡繹不絕的宮廟。

我望向那座廟，最後決定進去參拜。奧里林會踏進廟裡嗎？這種場所對他們會有什麼影響嗎？

不過我知道，這僅僅只會是留在我心中的好奇，不會得到答案。

我點了炷香，看著媽祖娘娘莊嚴的面容，在內心祈求一切平安，祈求父母別擔心我，希望他們原諒不孝的我。

後來我在市集買了水果、白米以及一些食材，還添購了幾件衣服及貼身用品。

「小姐，新搬來的呀？」在我買魚的時候，老闆娘一邊處理鮮魚一邊問，「之前在這附近沒看過妳。」

「嗯。」

「住哪邊呢？最近這一帶應該沒人搬走呀。」她將魚裝袋交給我。

「我、我就住附近……」我接過魚，趕緊離開。

「哈哈，瞧妳嚇成這樣，我不是壞人啦！」老闆娘開朗地笑，旁邊賣菜的小販也笑了。

我對他們來說，一定是個很陌生的人，我不確定該怎麼回答，如果說錯話了怎麼辦？所以我只能帶著微笑快步離去。

採買的東西之多讓我幾乎提不動，我一邊爬坡一邊直喘氣，在休息兩次後，終於回到別墅前。

屋內依舊空無一人，奧里林不知何時返家。

我把買回來的食物先擱到餐桌上，然後將披風脫下暫放沙發，便開始準備分類食品。

我決定做一頓美味的料理，不知道長生除了人血以外吃不吃東西？我想應該不吃的，不過奧里林說過他不是長生，也許他不一樣。

總之，有準備總比沒準備來得好，於是我捲起衣袖，開始忙碌。

奧里林回來的時候，天色已經暗下，蟲鳴與海風的聲音交織出一首自然的交響樂曲，配合我肚子咕嚕嚕的叫聲剛好。

奧里林無聲無息地忽然出現在餐桌邊，一臉困惑。

「你回來啦，餓嗎？」我連忙起身，「唔，我不知道你吃些什麼，所以準備了我喜歡吃的菜。」

桌上的菜色分別是炒地瓜葉、蘿蔔湯、地瓜飯，以及清蒸魚和蒜泥白肉。

「妳身上的披風是從衣櫃拿的？」他沉聲問。

由於入夜後氣溫變低，我再次披上了披風。奧里林的態度卻隱隱透露，那些不合時代以及尺寸錯誤的女用衣物與鞋子，很可能並非為我所準備。

「是的。」我幾乎哽咽。

奧里林的雙眼蒙上一層灰，接著看看那幾道菜餚，「妳不需要準備飯菜，永遠不用為我準備吃的。」

「這些……我自己也可以吃呀。」我拿起碗筷，大口吃起來。

「那妳就自己吃吧，還有披風，丟了吧。」他退到黑暗中，消失在屋內。

而我的眼淚大顆大顆滑落，地瓜葉雖香甜，嚐起來卻好鹹。

✥

「私奔第一天對方就擺臉色了？」我以最符合現實的說法來解釋。

奶奶搖頭，「他不是擺臉色，長生沒什麼感情，露出笑容是很難得的，我也沒看過幾次。」

典型的被男人打還會幫男人說話的類型，奶奶就是這種溫順的女人。

不過這麼說似乎也不太對，奶奶面對爺爺的時候應該不是如此。雖然他們的感情不至於不好，然而也稱不上親密。當然，這是我偶爾聽爸爸提起過往時得知的。

「那奧里林到底去了哪？」

「我當時眞的沒有問，只知道他每天都會出門，一出去就很久，這跟我想像的不一樣呢。我以爲我們會一起生活，沒想到比較像是我一個人生活。」

「奶奶！」我實在受不了了，這樣根本是被騙了呀。

「可是，他依然保護著我，他每天都會回來幾分鐘，我們之間的交談不多，他會凝視我一會兒，接著離開。我在那間別墅住了好幾個月，沒遇過半個長生，晚上都睡得很好，早晨可以聽見市集傳來的熱鬧聲響，聞到海風裡的鹹味。早晨我總是會去市集走走，那裡應有盡有，我買了不少的手工材料回家打發時間，玻璃罐裡的錢永遠也用不完。那是我這輩子最自在、卻也最孤寂的時候。」

奶奶說的話讓我心裡有些難受，我情不自禁地伸出手，蓋在奶奶的手背上，輕輕拍著。

奶奶因我的舉動而微笑，她的另一隻手覆上我的手，學著我的舉動。

「雖然我不知道奧里林去了哪，但我知道，奧里林不回來是為了保護我。」

「奶奶，真的不是我要潑妳冷水，可是妳怎麼知道？」

我忽然很氣那個叫奧里林的男人，向一個少女提議私奔，卻又把人丟在自己家裡，我看八成是去茶室找小姐了。

「當然不是毫無憑據，有人……應該說有長生告訴我。」

「又是尤里西斯？」我想起記憶中的那對黃眼睛。

奶奶搖搖頭，「不是他。」

第六章

我一直想告訴自己，我們算是在談戀愛。

然而奧里林和我之間始終有段距離，我在他身邊，卻又不在他身邊。

市集裡的攤商現在已經不把我當外人了，不過他們對我依舊好奇。他們知道我住在斜坡上那間閒置許久的別墅，卻不知道別墅的所有人是誰。

「當我還是小孩子的時候，那別墅就在了呀，我們曾經想進去探險，可是不知道為什麼，走到那邊就打消念頭了，很怪吧！」賣水果的大哥拍著肚皮。

「我看過有個帥哥走進去啦，但是就一次，我自己都覺得應該是看錯了。」賣魚的老闆娘豎起拇指，手上抓著的活魚頓時一陣亂跳，落到了地面上，她趕緊彎腰拾起。

「我阿母說，她小時候看過別墅有女人進出咧。在她那個年代，那棟別墅可是很豪華的！」正忙著宰殺雞隻的大叔插口。

「對現在的我們來說也很豪華啊！」接著，幾個人哈哈大笑。

有女人進出過嗎……所以那件披風屬於那曾經的女人嗎？

我在心裡苦澀地想。

「所以大姊姊，妳一個人住在裡面嗎？」市集裡的孩子們圍著我。

「我不是一個人住。」我扯出微笑，拋開剛才那討厭的想法。

「和妳先生嗎？」賣花的大媽問。

「……也不是。」我不曉得該如何定義自己和奧里林之間的關係。他算是保護者？監護人？怎麼說都不對，於是我轉移話題，「我想買束玫瑰。」

「好啊，今天的花很美喔，肯定可以活兩個禮拜。」

「少騙人了，怎麼可能撐兩個禮拜。」大媽的丈夫在一旁吐槽。

「真的啦。」大媽向我保證，仔細將玫瑰去刺後交給我。

「好漂亮呀。」我笑了笑。

「當然。喔，對了，聽賣魚的先生說，今天海象不好，晚上也許會有暴風雨，多注意一下。」大媽叮嚀。

我抬頭瞄了頂上的烈日一眼，「可是天氣很好。」

「這邊的天氣說變就變啦，賣魚的從沒弄錯過，回去門窗記得鎖好。」

「好，謝謝。」我對她點個頭，轉身走上坡。

我知道大家都注視著我的背影，他們想知道我的來歷，以及我和誰住在一起，還有那棟別墅的祕密。

可是我不會說出口，因為我自己也不知道。

我煮了馬鈴薯濃湯，並做了生菜沙拉，搭配麵包店阿姨極力推薦的法國麵包當晚餐。

時間來到八點多的時候，外頭的風聲明顯變大，我皺著眉看了下漆黑的室外。

窗户被強風吹得不斷震動，我想看清楚不遠處的海面，於是打開一小道縫隙，狂風立刻灌進屋內，將桌面上我寫到一半的信紙吹散一地。

我驚呼出聲，趕緊回去想撿起信紙，但窗戶未關，屋裡的東西被吹得更加凌亂，窗簾也隨之揚起。

再次來到窗邊，我發現海浪的起伏確實變大了，看來不能不相信當地人的話。將窗戶關上並牢牢鎖起後，我順便檢查了整棟屋子的門窗，還找出蠟燭、燭臺與火柴放在桌上備用，以防停電。

確認一切妥當，我終於可以將被吹得亂七八糟的信紙撿起，這些信是我寫給父母與兄長，還有奧里林的。

我從未想過把信寄出去，也沒打算交給奧里林，我只是想將自己心裡的話寫下來，藉此抒發情感。

雖然一個人的日子不錯，不過偶爾還是會想找人說說話。這個想法我當然沒有對奧里林說，他救了我與我的家人便已足夠。

當我將信紙全數放回桌上時，整間屋子的燈光忽然熄滅。窗戶喀喀作響，外頭風聲呼嘯，瞬間下起暴雨。

在閃電掠過令屋內亮起的瞬間，我依稀看見角落站著一個人。

轟隆一聲，雷聲就像打在附近一般，令我的耳中嗡嗡作響。我摸到桌子上的蠟燭，立刻用火柴點燃置入燭臺，燭光搖曳，角落的人卻失去蹤跡。

「奧里林？」我輕喚一聲。他回來了嗎？

外面風雨這麼大，他是不是溼透了？

我提著燭臺，在客廳走了一圈，並沒有見到他，廚房裡也一樣。樓上似乎有動靜，於是我疑惑地前去查看。

聲音是從我房內傳出，而奧里林不會進我的房間，所以在裡面的——是誰？

我嚇得一抖，輕手輕腳往後退，房內的騷動驀地停止，對方發現了我。

手中的燭臺掉落到地上，滅去了燭光，我正要朝樓下跑，卻猛然被騰空架起身子，以極快的速度拖進房內，壓到床鋪上。

我驚慌失措，這個人不是奧里林，也不是尤里西斯，在雷電閃爍之間，我看見一雙棕色眼睛，臉龐輪廓剛硬。

「奧里林呢？」對方的嗓音不如尤里西斯那般讓人生畏，然而也沒有奧里林輕柔，語氣更加冰冷。

「我、我不知道。」

他瞇起眼睛，「也許吸妳的血就能知道？」

是長生！

為什麼能找到這來？

我立刻護住脖子。不能讓有關奧里林的記憶被看見！

「不是只有脖子可以咬。」他說完便伸長獠牙。即使已經踏入這個世界一段時間，再次見到長生的尖牙仍讓我害怕得顫抖不已。

就在尖牙快要碰觸到我的手臂時，他停住了動作。

我不知道他為什麼停下來，但這總是個機會，因此我想逃，可是他輕易壓制住我，我根本無法移動分毫。

他的目光落到我的脖子上，在漆黑中，那裡隱約散發著紫色光芒。

雷電一閃，光芒映亮他冷峻的臉龐，「奧里林給的？」

對，我還有項鍊啊！

紫色寶石中存有長生所懼怕的東西，奧里林將陽光鎖在裡頭。

「看妳的表情，想必知道這條項鍊的功能。」他依然抓著我的手，「但妳知道這條項鍊是怎麼保護妳的嗎？」

「透過日夜與妳的肌膚接觸，裡面的陽光會滲透到妳的血液之中，也就是說，只要不接觸到妳的血液，這條項鍊對我便不構成威脅。」

我不知道他的話是真是假，但我試圖不顯得動搖。

忽然，他迅速往後一退，從我的身上離開，我趕緊爬起來，雖然想拔腿就跑，雙腳卻發軟得無法動彈。

「妳不是第一個戴上這條項鍊的女人，上次我來這裡可是另一個女人啊。」他露出微笑，然而眼底不帶笑意，「奧里林還是跟以前一樣，只對人類有興趣。」

我愣住了，錯愕的反應洩露出我的心思。

「看來妳不知道？」他挑眉，「妳以為他只有妳一個？」

奧里林活了這麼久，肯定有過其他女人，這有什麼好在意的？但我仍顫抖著，說不出話。

「薩爾。」一道更加冷冽的聲音從另一邊傳來，身披黑色斗篷的奧里林翩然現身，那銀色髮絲在黑暗中格外耀眼。

「唷，奧里林。」薩爾愉快地吹了個口哨，「你應該早知道，那條破項鍊沒辦法保護你的女人。」

「她不是我的女人。」

這句話刺得我一陣心痛。

是啊，奧里林本就沒承諾過什麼，他只問了我要不要跟他走，是我自己願意的，他從沒碰過我，甚至每天和我相處的時間頂多十幾分鐘。

一切都是我自作多情罷了。

「長生跟人類不會有結果，更何況是你這種東西。」薩爾的話語異常刺耳。

「你再說一次。」我看不到奧里林的臉，不過從語氣就能得知他很憤怒。

薩爾毫不畏懼，略歪著頭咧嘴挑釁：「你、這、種、東、西。」

下一刻，奧里林猛地朝他撲去，兩個人以極快的速度打鬥起來。屋外雷電交加，我只能捕捉到他們一下在左、一下在右的殘影，分不清那些恐怖的聲音究竟是因為打雷，還是因為他們的肢體衝突。

砰的一聲巨響，薩爾被壓在牆上，奧里林的手指幾乎陷進他的喉嚨。

「很、厲害……咳……」薩爾的嘴角流下鮮血，原來長生受傷也會流血。

無論他們生命力有多強，或是自癒能力有多好，眼前的暴力場面依舊怵目驚心，我只能閉緊眼睛，假裝什麼都看不見、聽不見。

不要插手奧里林的事，什麼都不要做。

「薩爾，別挑戰我的底線。」奧里林的語氣壓抑，接著是咚的碰撞聲，我微微睜開雙眼，看見薩爾坐在地上，一隻手撫摸著自己的喉間，勾起笑容注視奧里林。

「你知道我總愛挑戰你的底線。」

「也許下次我就會控制不了力道。」

薩爾不在乎地聳聳肩，抬起下巴朝我的方向示意，「所以，這次你打算怎麼辦？」

我瑟縮了下，奧里林並沒有注意到。

「她是最遲鈍的一個，你該改改老愛和人類沾上邊的毛病。」薩爾站起身，擦去嘴邊的血跡並用舌頭舔掉。

奧里林側過頭瞥了我一眼，逕自走出房間。薩爾喊了他兩聲，奧里林不予理會，於是薩爾轉而對我冷笑，「妳對他而言，只是曇花一現。」說完便跟著離開。

我一個人坐在床邊聽著外頭的風雨聲，內心充滿疑問與悲傷。也許在奧里林的漫漫人生當中，我這短暫的生命的確如同曇花綻放般，稍縱即逝。

伴隨著心痛，我擦乾眼角的淚珠。至少還可以待在奧里林身邊，這就足夠了。

薩爾是我見到的第三個長生，我從他口中得知，奧里林和他們的確不同，相像，卻相異。

黑髮棕眼的薩爾五官立體，個子很高，是個冷漠無比的人。他不像尤里西斯那麼危險，不過也不好相處。

從雙方的互動來看，奧里林和薩爾應該是舊識，也許關係還可以，至少不會像一遇到尤里西斯便劍拔弩張。

我替他們沏了壺紅茶，薩爾看也不看我，倒是挺滿意茶葉，奧里林說那是他從英國帶回來的，我連他什麼時候去了英國都不知道。

為了不打擾他們交談，我走上樓梯準備回房，薩爾卻出聲。

「人類，妳要去哪？」

「我、我回房去，你們聊……」我唯唯諾諾。

「先弄點東西給我們吃，再滾回樓上。」

「吃東西？」我一愣，「你們可以吃東西嗎？」

薩爾挑起一邊眉毛，「妳跟著奧里林多久了？不知道我們能吃東西嗎？」

我的臉倏地漲紅，我擅自以為他們只喝液體，不吃固體，因為奧里林曾說過不用幫他準備餐點。

在這個當下，我覺得自己丟臉死了、差勁透了，對於奧里林，我什麼都不了解，還厚著臉皮待在這棟房子。

「人類的眼淚是最噁心的東西。」薩爾冷哼了聲，我趕緊擦乾淚水，撐起笑容，「我、我現在馬上去準備。」

當我往廚房跑去時，聽見奧里林開口：「薩爾，我不想讓她涉入太深。」

「你將她帶來的時候，她就已經深陷了。」薩爾冷笑。

✥

「妳應該跟薩爾說，冰箱裡有吃的，自己去弄。」我大大翻了個白眼。這什麼客人啊。

「我們那個年代的女人哪像妳們一樣。」奶奶笑了。

「女人終於出頭天了。」我沒好氣地說，慶幸自己生在這時代。

我歸納了一下這段敘述的重點，大概就是奶奶跟人私奔了，但對方的一切奶奶都不清楚，堪稱傻傻爲愛走天涯。結果對方的朋友忽然出現，告訴奶奶一個殘忍的事實，就是那個男人在世界各地都有小三，還不是第一次帶人私奔，不過很溫順的奶奶依舊什麼都不問。

嘖，我對奧里林的印象更差了！

不過我還是有幾個不明白的細節，例如薩爾對奶奶動粗的理由。

根據奶奶的說法，薩爾是要殺了她，如果以合理的解釋去代換，難不成薩爾是打算侵犯奶奶？

如果眞的是如此，奶奶跟著奧里林生活的那幾年處境不是很危險嗎？還是說，的確遇到危險過了？

「奶奶，那個薩爾……」我小心翼翼地開口。

「嗯？」

我嚥了嚥口水，「他……他沒對妳怎樣吧？」

我聽過不少舊時代的悲慘故事，當時女人即使被欺負，通常也無法聲張，甚至只能嫁給對方。

「他之後就沒再試圖傷害我了，但我想，他本來也沒有要殺我的意思，只是希望藉此讓奧里林出現吧。」奶奶垂下目光，「他和奧里林的關係似乎不錯，不過對我們人類來說，那種程度大概算不上不錯吧。」

噢，天啊，什麼叫「對我們人類來說」？奶奶的吸血鬼故事究竟要編到何時。

幸好奶奶應該沒有遭受侵犯，我頓時鬆了口氣。

「奶奶，妳和奧里林到底有沒有在談戀愛？」

「妳覺得呢？」

「感覺好像是奶奶單相思。」我咕噥，「聽起來奧里林對妳不太在乎呢。」

「他們活得太久、太久了，許多感情變得內斂或是消失，他們不會表達，也不知道該如何表達，對他們來說，生命的意義與價值跟我們所認知的不一樣。」

「所以，奶奶有跟他談戀愛嗎？」我又問了一次。

奶奶的笑容變得苦澀，她的眼神流露出一絲無奈，接著搖頭。

「我一直想告訴自己，我們算是在談戀愛。然而事實上，奧里林和我之間始終有段距離，我在他身邊，卻又不在他身邊。」

果然如此！

「奶奶，妳根本被騙了！告訴我那個奧里林叫什麼名字，我現在就去找他算帳，將他年輕時曾經和妳私奔過的事情告訴他的子孫們！」我氣憤難耐，爲何不管在什麼年代，都是女人被吃得死死的？

「奧里林的本名就是奧里林啊。」

「不是啦，我是認眞地想問他的眞實名字，該不會叫林里茂之類的吧？他住哪裡？做什麼工作？幾歲了？」

奶奶瞬間變了臉色，「千蒔，妳不相信我說的話？」

我嘆了口氣，「奶奶，現在是西元二〇一七年，我相信有外星人，但不相信有吸血鬼。」

奶奶瞪圓眼睛，皺饅頭般的臉看起來很生氣，沉聲說：「如果妳不相信，那就沒有說的必要。讓這些祕密隨著我的死亡消逝吧。」

她躺下來，不管我好說歹說，奶奶都不再開口。

✜

大四的課程十分輕鬆，多虧我前三年修了不少學分，加上畢業的日子即將來臨，因此我幾乎不需要到校。

決定考研究所的人早已開始準備，而選擇就業的，例如我，這段時間就是最後的悠哉時光了。

我坐在教學大樓中庭的座椅，趴到面前的桌上，整個人懶洋洋的。

沒想到奶奶脾氣這麼倔，從那天到現在已經五天了，她還在生氣。我原以爲老人家跟小孩子差不多，有什麼不開心過一陣子就沒事了，所以沒特別在意。但都五天了，奶奶一句話也沒說。

她原本就不太跟其他親戚說話，這下一鬧脾氣更是一聲不吭，於是爸媽都把錯算在我頭上。

「奶奶這麼老了，妳順著她的意思會怎樣？」

「可是爸，你又不知道奶奶說了什麼！」我叫屈。

「她說了什麼重要嗎？是不是事實又重要嗎？奶奶只是想尋求認同感，不管她說些什麼，妳就做做樣子表示相信，讓她高興，這樣很難嗎？」

我覺得很無辜，氣得即使沒課還是跑來學校發呆。

「童千蒔，妳像灘爛泥。」旁邊的梁又秦喝了一大口我的飲料，「我要去上課了，妳想旁聽嗎？」

我擺擺手，「妳眞認眞，學分不是早早修完了？」

「反正學費都繳了，閒著也是閒著。」梁又秦聳聳肩，接著用力打了我的背，「還有，快跟妳奶奶和好啦！」

「好痛！我又沒錯！」我摀著自己的背。

「可是妳奶奶不是都在交代後事了嗎？」

趴在桌上的我睜大眼睛，想起親戚們來家裡討論遺產分配的畫面。

「妳奶奶隨時會離開，妳何必為了這種小事跟她鬧脾氣？」梁又秦的眼神有些哀傷，「今天跟她賭氣，也許明天就沒機會和好了，這樣也沒關係？」

有一次梁又秦和我提到，她年紀很小的時候，曾因為相當無聊的小事和媽媽鬧脾氣，故意躲在公園不回家，讓家人擔心。

等她自己回家後，才發現所有家人都出去找她了，後來她被氣急敗壞的爸爸打了一巴掌，也被哥哥數落了很久，可是，媽媽卻再也沒有回來。

她的媽媽失蹤了，原因不明。

路邊有台監視器拍到她媽媽焦急跑過巷口，而不遠處的下個監視器的畫面中，卻不見她媽媽的身影。不過短短幾步，梁又秦的媽媽便人間蒸發。

他們一家人一直沒有放棄希望，認為她一定還活在某處。

因此，梁又秦對自己的家人一直懷有愧疚，多年來帶著自責活著，這也是為什麼明明就讀的大學離家不遠，她還是選擇在外獨居。

我坐直身子，低下頭說了聲：「抱歉。」

「不用跟我道歉，跟妳奶奶道歉吧。」梁又秦揉揉我的頭髮，起身走向教室。

我靠在椅背上，感受著寒冬中難得的溫暖陽光，真心覺得自己太過幼稚。

撇除眞實性的問題，奶奶的故事的確令人著迷。銀髮藍眼、神祕無比的奧里林，黑髮棕眼、冷漠無情的薩爾，褐髮黃眼、瘋狂殘忍的尤里西斯，每個角色都形象鮮明。

有關吸血鬼的一切，經由小說、電影以及各種媒體的渲染，已經成爲唯美的傳奇，吸血鬼的世界被描寫得既危險又迷人。

然而奶奶所說的故事不太一樣，她是女主角，卻絲毫不受寵愛，奧里林並不迷戀她，倒是奶奶被電得暈頭轉向。

我的腦袋昏昏沉沉，今天的氣溫太舒適，令我有些睏意。

不如睡一下吧，反正沒有課，現在醫院裡也有媽在看顧，晚一點我就過去，向奶奶道個歉，請她繼續說故事給我聽。

我想知道，她會怎麼結束這個關於吸血鬼的故事。

又要什麼時候才會講到她跟爺爺的相遇呢？

「哇，我果然還是很憧憬大學生活啊。」朦朧間，我聽見一個男孩的聲音在身邊響起。

是新生吧，所以才對大學生活有憧憬。但都下學期了，他還在興奮些什麼？

我將頭轉向另一邊，連眼睛都沒睜開，繼續假寐。

「我也想過報考大學啦，只是被駁回了，眞是令人傷心。」對方繼續說，似乎沒有誰回應他的話。

「我想應該是因爲陽光的關係吧，可是還有夜間部啊，況且，走在陰影處其實就沒問題了，不過身體會很疲倦就是。」說完，他打了個哈欠。

我這才意識到這個人是在對我說話。我將頭轉回去，眼睛微微張開，確認是否認識的人。

黑髮黑眼的男孩坐在我身旁，模樣略帶青澀，看起來年紀跟我差不多，皮膚非常好，只是顯得紅通通的。

「你在跟我說話嗎？」我坐直身子，皺眉，「我不認識你。」

「叫我小池就好啦，而且我認識妳喔，童千蒔。」他的身周彷彿有圈光暈。

「但我不認識你。你沒事吧？你好像在……」我簡直不敢相信我要說出的下一句話，「……冒煙。」

小池癟著嘴聳聳肩，「果然還是沒辦法撐太久啊，我的確開始感覺到痛了。」他拿起手邊的鴨舌帽戴上，身體持續冒出的蒸氣令我瞠目結舌。

「我是要來說，多陪陪允心小姐，她時日不多了。」他壓下帽沿，我清楚見到他的手臂肌膚開始潰爛，連同臉頰的皮膚也是，像是嚴重燙傷一樣層層剝落。

「你、你……」我大驚失色，站起來往後退。

他對我豎起食指，比了噤聲的手勢，「見到我是祕密，我自己偷偷跑來的。」

他露出微笑，接著轉身往教學大樓的走廊跑去，消失在轉角。

我站在原地，難以置信剛才看見了什麼。

蒸氣、潰爛、紅腫。

跟奶奶說的一樣，是吸血鬼受陽光照射後的反應。

在這人來人往的地方，沒有一個人注意到方才的異常，但我親眼所見的畫面眞實無比，絕對不是因爲睡昏了頭。

假如，醫院外的銀髮男人是奧里林。

在捷運站遇見的棕眼男人是薩爾。

夜店裡的黃眼男人是尤里西斯。

那麼，奶奶的故事……

是不是就是眞的？

第七章

奧里林親手埋葬了無數愛過的少女。

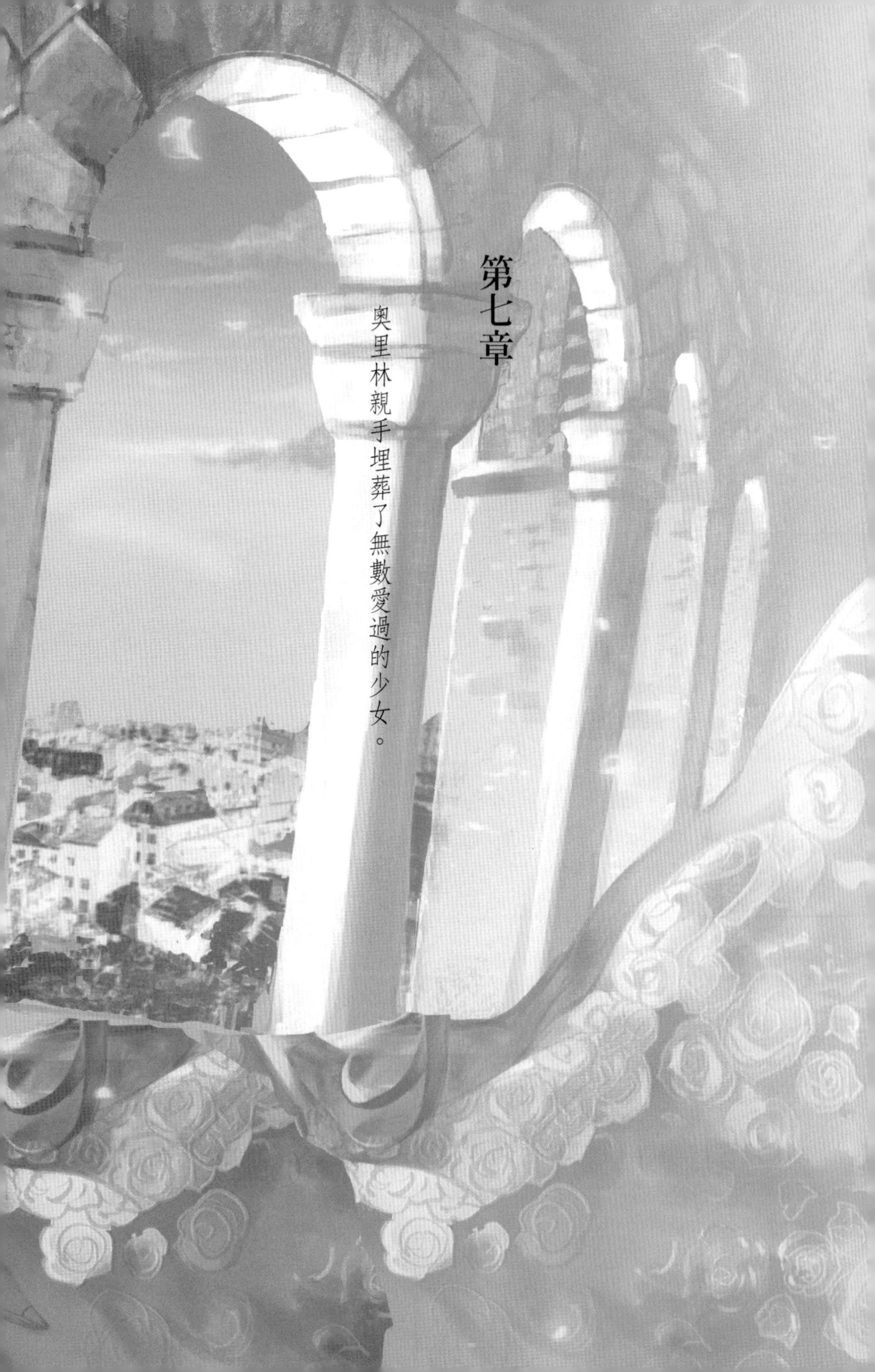

我匆匆趕到醫院，我必須見奶奶。

「千蒔，妳怎麼這麼早就過來了？」見我氣喘吁吁出現在病房門口，媽媽很驚訝，「奶奶剛睡著而已。」

「她有說些什麼嗎？」我的手摀在自己的心口，輕手輕腳走到沙發邊，將包包放在上面。

「沒有，老樣子，一整天都沒說話。」媽媽蹙起眉頭，「妳就別再跟奶奶唱反調了，聽妳爸的話。」

「我知道啦。」我擺擺手，不太耐煩。媽離開後，我坐立難安，忍不住在房中來回踱步。

我該叫醒奶奶嗎？

冷靜點，我要冷靜點。

我所見到的不一定是真實，根據奶奶所說，吸血鬼照射到陽光應該會痛不欲生、慘叫連連，那個小池的表現太過鎮定了。

換個角度來想，假設奶奶的話全是真的，包含那些該死的吸血鬼也都真的存在，那麼接下來，奶奶敘述的情節裡一定會出現小池這個人。

如果在我對奶奶提及小池之前，奶奶便說出他的名字和外型，就表示奶奶的故事並非虛構。

我嚥了嚥口水，決定賭一把。

不久，躺在床上的奶奶睜開眼睛，她先是有些迷茫地看著我，接著清醒過來別開臉，居然還在生我的氣。

「奶奶，我好想聽妳說的故事喔。」我輕輕搖晃奶奶的手，「拜託再告訴我好嗎？」

「妳不是不相信？」奶奶尖銳地質問。

「這……的確很難相信呀。」奶奶瞪我一眼，我趕緊又說，「不過從現在開始，我會盡力去相信，所以奶奶，繼續說好嗎？我想知道妳跟奧里林後來怎麼樣了，拜託。」

我苦苦哀求，奶奶滿臉狐疑，顯然不明白爲什麼我的態度改變這麼多，最後她嘆氣，「罷了，妳不信也罷了，悶在心中一輩子，我累了。」

於是，奶奶將故事說下去。

✤

「人類，妳跟著奧里林多久了？」薩爾邊咬著葡萄邊斜眼看我，蹺著二郎腿，十足大爺的樣子。

他待在這裡已經三天了，雖然他老是用監視般的目光打量我，令我神經緊繃，不過也因為他在，奧里林留在家的時間變長了。

由於奧里林不怕陽光，所以白天他依然外出。今天早上，他和我一起前往市集，那些攤販個個驚訝無比，說原來我有這麼英俊的先生。

我支支吾吾說不出半句話，奧里林倒是淺淺揚起一個笑，並未反駁。

對於他的不否認，我心跳不已，但我知道，他只是懶得多解釋。

陪我提菜回家後，奧里林又出門了。正當我整理著買回來的東西時，薩爾開口這麼問。

也許有關奧里林的事情，向薩爾探詢會比較可能得到答案。

「半年多。」我看著他將葡萄咬碎又吐掉，還扮了個鬼臉，於是忍不住問：「葡萄很酸？」

「吃不出來。」他聳肩，將盛裝葡萄的玻璃碗放到一旁，「話說回來，都半年了，妳對奧里林知道得也太少了，他刻意保持距離嗎？」

我心一疼，薩爾看了出來。

「這是他得出的結論嗎？」

我歪頭，不明白他的意思。

「這幾百年來的教訓，讓他得到的結論是，和妳保持距離？」薩爾勾起嘴角，

「他應該學到的教訓是，不再接近人類。」

「這兩個說法的意思不一樣嗎？」

薩爾挑眉，「天差地遠。」

「為什麼？」

「想從我這邊獲得情報？沒那麼容易，妳要拿什麼和我換？」他的棕色眼瞳中閃過一絲危險，我立刻繃緊神經。

「我、我沒有東西可以給你！」我轉過身面對餐桌，慌張地將所有菜從籃子裡拿出，「不用告訴我了，我不問了。」

我聽見薩爾冷笑。

「永遠不要背對狩獵者。」下一秒，他的聲音近在我耳邊，我嚇到整個人往前一撲，撞上了木桌，桌子因撞擊發出巨大聲響。

我顫抖地看著他，那森白的利牙距離我只有幾公分。我太大意了！

「我有項鍊！」我趕緊威脅。

薩爾露出玩味的笑容，「我知道，所以我不會咬妳。」他瞬間退回客廳的沙發，拿起葡萄繼續吃。

「雖然我很好奇妳和奧里林之間發生過什麼事，但無所謂。」

我吞了下唾液，鼓起勇氣問：「奧里林他……為什麼你要說奧里林他不該接近人類？」

「我說了，不無償提供情報。」

「唔……」

「不過，妳可以和我立下一個契約。」

「契約？」

「以你們人類普遍的用語來說，就是承諾。承諾對我們來說是有約束力的，所以是最管用的方式。」

奧里林也曾說過，尤里西斯的誓言就是契約，對長生而言，這具備束縛的力量。

「你想要我向你承諾什麼？」

薩爾斂起笑容，認真地看著我，「活著。」

「活著？」

「對，妳會活著，活到老死，活到壽終正寢。」

我微微皺眉，這個要求好奇怪，聽起來像是在為我著想，他為什麼要這麼做？

「妳接受嗎？」

「嗯，這很容易。」我點頭。

薩爾一揚嘴角，忽然間我感受到心口有股灼熱感，並不會疼痛，而是相當溫暖，還可以聽見心臟跳動的聲音變大了。

同時，薩爾的表情也稍稍柔軟下來，他看著自己的胸口，「這時候才有跳動的感覺。」

「心臟嗎？」

「訂下契約時，雙方都會有心跳的感覺，一兩下而已，很短暫。」他恢復冷酷的模樣，「對人類來說頂多是發燙而已，沒什麼特別的。」

「所以我們剛剛那樣就訂了契約了？不需要進行儀式什麼的，只要口頭約定就好？」

「我們的血液會記住。」薩爾簡單地回答。

我頷首，接著仰望著他，用眼神無聲提醒：換你說了，你答應我的。

「妳有求於人的態度還真是明顯。」他輕笑了聲，「對我們長生來說，人類不過是食物，語言相通、長相類似的食物，所以，會跟人類有情感牽扯的奧里林，是異類。」

「可是你也吃葡萄，還吃了麵包，你們是不是除了血液以外，也能透過其他東西獲得養分？」

「除了血液，沒什麼東西能滿足我們的口腹之慾。我吃人類的食物只是因為好玩，妳懂嗎？雖然對我們來說既沒味道又噁心，但有時就是會想試試看那種噁心的感覺。」

「我還真的不懂。那飲料呢？我看過奧里林喝酒。」

「液體倒是沒問題，能嚐出味道，不過最好的還是血。」薩爾挑起眉毛，「我們也不至於只因為聞到血的氣味便陷入瘋狂，除了少數以殺戮為樂的長生，基本上我們很文明，甚至比你們人類文明。」

像是尤里西斯嗎？

「不過，聽說某些人類的血液對長生來說難以抗拒，會無法忍住想吸食的衝動。」薩爾瞇起眼睛看我，「例如妳，妳的血液特別香甜。偶爾會遇到這樣的人類。」

我一顫，握緊自己的項鍊，「你們……幾乎都會殺掉人類嗎？」

「如同你們吃牛、羊、豬、雞一樣，難道你們會讓牠們活命嗎？」薩爾好笑地看著我，「人類太習慣站在食物鏈的頂端。」

現在討論這個話題好像有點危險，畢竟只有我們兩個在，雖然薩爾說他不會失控，但難保不會突然獸性大發。

「那奧里林……和人類有過什麼關係呢？」

「這才是妳最想知道的事吧。」薩爾大笑，「簡單地用一句話概括，妳不是第一個來到奧里林身邊的人類女性，也不會是最後一個。對我們來說，人類的生命週期太過短暫，下一次我和奧里林見面時，他身邊想必又是不同的女人了。」

這句話令我心傷，或許真是如此，不過如果在這短暫的一生中，能陪伴在奧里林身邊，我也沒有怨言。

「那表示奧里林是有感情的。」我微笑。

薩爾愣了愣。

「怎麼了？」

「我還以為像妳這種類型的女人會哭呢。」

薩爾說，以前每個女人聽到他說出這番話都會哭泣，也許奧里林身邊的女人每換一個，薩爾就會過來一次吧。

我有些不安，奧里林想必永遠都會這麼年輕，而我一定會隨著時間流逝老去，那麼我和奧里林在一起的時光又能有多長？

現在去市集，別人會認為我們是情侶、是夫妻，可再過十年呢？姊弟？二十年呢？母子？三十年呢？祖孫？

我不自覺地顫抖，最現實的問題擺在我眼前。

「奧里林和那些女孩們……最後怎麼了呢？」我下意識問出口，想知道他們的戀情都維持多久。

薩爾定定地看著我，接著揚起殘酷的笑。

「全死了。」

「我知道，人類有壽命的限制……」

「不，她們都死得早。」薩爾悄聲說，「奧里林親手埋葬了無數愛過的少女。」

我瞪大眼睛。

「他愛過的女人沒一個壽終正寢，跟著他不會有好下場。」

我往後退了一步，撞到桌緣。

剛才薩爾要我保證自己能壽終正寢……

「妳們甚至不知道奧里林的背景，就被愛沖昏頭，甘願跟著他，不知道這將為自己招來多大的危險、為奧里林招來多大的危險。」薩爾站起來，身上隱隱散發出殺氣，「奧里林對我族來說是異類，卻也是寶物，妳們這些柔弱人類女子的存在，成為他的弱點。」

「我……」我慌了起來。

「奧里林不該接近人類，不該愛上人類，這樣他便所向無敵。」

「他……他並沒有愛我，他只是在保護我。」以及保護關於他的記憶。

「他將妳帶在身邊，又保持距離，就是最好的證明。所有他愛過的女人，都曾戴上那條屬於他的項鍊。」薩爾的瞳孔變得尖細，「現在所有長生都知道，奧里林有了新的弱點，奧里林如果不想重蹈覆轍，就該殺了妳。」

我說不出話。奧里林是愛我的嗎？

那為什麼他從來不告訴我？

「不是所有長生都跟尤里西斯一樣笨，他們有很多方法、很多機會可以折磨妳，更藉此折磨奧里林。」

我轉身奪門而出，薩爾卻瞬間追上來抓住我的頭髮，將我拖回屋內。

他的手因為照射到陽光而發紅潰爛，但一進屋便癒合了。他露出尖牙，「只要我吃掉妳，奧里林的祕密就不會曝光。」

「不、不要——」我流下眼淚，至少讓我和奧里林坦白，至少等我告訴奧里林自己的心意後——

就在即將咬到我的時候，薩爾整個人彈開，撞翻了餐桌，桌上的東西全部散落在地。

「契約還真的是如此啊……」他迅速站起身，沒事般整理儀容，「瞧見了吧，這就是契約的力量。」

我站在原地，愣愣看著他，「因為你要我壽終正寢？」

他點頭，「只是契約仍非萬全的保險，否則如果這麼簡單，奧里林歷來的女人就不會被殺了。」

薩爾輕鬆道出可怕的事實，奧里林愛過的女人都是被其他長生殺死，她們臨終前究竟如何絕望，我不敢想像。

「只有和妳訂下契約的我傷害不了妳，其他長生依舊能對妳不利。」他盯著我，「不過妳答應了我要壽終正寢，所以往後每當遭逢生死危機，血液都會提醒妳答應過我的事，到最後，妳就會自己離開奧里林了。」

「為……為什麼？」我顫抖不已。

薩爾微笑，「為了活下去。」

當天晚上，奧里林回來後，薩爾離開了。

臨走前，薩爾在奧里林耳邊低語了幾句，只見奧里林臉色微微一變，微怒地瞇起藍色眼睛，對薩爾說：「別多事。」

薩爾戲謔一笑，拍了拍他的肩膀，消失在黑夜之中。

我安靜地在廚房中清洗晚餐使用的餐盤，連聲再見也沒和薩爾說，他的話在我心中縈繞不去。

「到最後，妳就會自己離開奧里林了，爲了活下去。」

碗盤摔落到地面，發出清脆的聲響，我蹲下身撿起碎片，卻割傷了手指，紅色血珠滲出。

胸口一陣苦澀，我告訴自己，不會的，我不會離開奧里林。

只要他需要我，我就不會走。

「沒事吧？」

一道黑影覆蓋過來，奧里林站在我身後。

「一時粗心，打破了碗。」我不好意思地笑了笑，趕緊將碎片全部拾起，鮮血在在潔白的陶瓷上留下痕跡。

「妳受傷了。」他蹙起眉。

「抱歉。」我趕緊用另一隻手壓住手指。血液的味道對他來說會不會很難以忍受？

「難道妳不擔心我會咬妳？」

「薩爾說你們不會失控。」我垂著頭，「不過更準確地來說，是因為我相信你。」

再次抬起頭，我淚眼矇矓注視著我喜歡的男人，奧里林。

他咬緊牙關，什麼也沒說，轉身離去。

我知道，他和我保持著距離。

若真如薩爾所言，那他這麼做是為了保護我。

可是太遲了，打從第一次看見他的身影，我便被深深吸引了。

我早就回不去正常世界，我已經站在這裡，已經在他身邊了。

所以我衝上前，從背後用力抱住他。

我可以感受到奧里林的身體變得僵硬，我的淚水沾溼他的衣服。

「不管怎樣，我都不會後悔跟著你，所以……請不要、把我推開好嗎？」

奧里林轉過身，抓住我的手腕，用另一隻手拭去我的眼淚，他的眼神像是在說我傻，我只是微笑。

而後，他緊緊擁抱住我，我渾身發燙，感受著他的呼吸以及他的體溫，還有微弱的心跳。

那是我唯一一次感覺到，他或許也愛我。

✥

「唯一一次？」我皺眉，「難道你們後來沒有……」說到這裡，我忽然不好意思接下去。

奶奶難得露出惡作劇似的笑容，「沒有什麼？」

「你們孤男寡女共處一室，難道都沒發生什麼嗎？」

「哈哈哈哈！」奶奶大笑，有精神的模樣讓我一時難以相信她現在正住院中。

「我很認眞的啊，奶奶。」

「千蒔，妳曾經很喜歡某個人過嗎？」

「我、我當然交過男朋友啊。」我紅了臉，覺得奶奶有點瞧不起我。

「我不是指有沒有交過男朋友，而是指很愛對方的那份心情。」奶奶摀著心口，「都已經六十幾年了，只要想起奧里林、想起當時的一切，我的心便會暖得想哭。」

不知爲何，奶奶的神情令我有些羨慕。

「因爲太過相愛，所以小心翼翼，因爲太過愛他，所以剎那即是永恆。」

「太煽情了吧，奶奶。不會有這樣的愛情，愛情很現實的。」我不甚同意。

「愛情很現實，這話沒錯呢。所以即便妳爺爺如何疼我、愛我，更完全不探問過去的事，我也從沒愛過他。我很感激他，可就是無法愛上他。」奶奶哽咽起來，呼吸變得急促，「這是我最自責的一件事，我很抱歉，從來沒愛過妳爺爺……」

「奶奶，妳冷靜一點……」

儀器發出尖銳的嗶嗶聲響，奶奶的血壓升高，心跳也加快，我驀地想起小池說的話。

「請多陪陪允心小姐，她時日不多了。」

「不！奶奶！」我大喊，急按了好幾下呼叫鈴。

幾個護理師很快跑進來將我推開，她們手忙腳亂地讓奶奶躺平，在一旁安撫著，奶奶的身子不斷抽搐，我緊張得不知所措。

我看向窗外，彷彿見到不遠處的建築頂樓站著兩個人。

一個小時後，奶奶平靜下來，一位護理師不悅地瞪著我，「上次也是妳刺激病人。」

「我……」

「老人家需要家人的耐心照料與安靜傾聽，如果做不到這兩點，不如請妳的其他家人來看護。」

護理師的話相當刺耳，上一次確實是我不對，但這一次……我實在不相信那樣的愛情。愛情應該是充滿謊言與背叛的。

比吸血鬼故事更令我難以置信的，是奶奶和奧里林之間的愛。

站在病床邊，我看著戴著氧氣罩、呼吸平穩的奶奶，輕輕將手覆在她爬滿皺紋的手臂上。

「抱歉，奶奶……」我輕輕說。

接著，我的視線又轉向窗外。奶奶的病房位於六樓，可以看到對面另一棟醫院建築的頂樓，在剛才，頂樓上似乎有兩個男人。

其中一人的銀髮閃耀無比。

我告訴自己先不要認定這是錯覺，可是也不打算輕易接受。

坐在奶奶身邊，我仔細回想剛才奶奶敘述的情節。

她提到所謂的愛情，我談過很多次戀愛，分手時也曾經痛不欲生。

但我從來沒有過奶奶說的那種感受，什麼小心翼翼，什麼刹那即永恆。

我有些羨慕，奶奶訴說過往時的神情，令我不禁爲之神往。

很愛一個人是什麼滋味？

愛到小心翼翼又是爲了什麼？

可是同時，我再度發現故事中的不合理之處。

奶奶與奧里林擁抱的時候，感覺到了體溫與心跳。這太奇怪了，長生不是沒有這些生命體徵嗎？

這點在尤里西斯襲擊奶奶時，就已經證明了。

雖然奶奶之前說過，奧里林身上有些許溫度，然而我還是覺得十分詭異。

奧里林可能不是長生，卻又不是人類。

我越來越好奇了，奶奶的故事帶著讓人想繼續聽下去的魔力。

「奶奶，快點醒來吧。」我不禁喃喃低語。

第八章

「我要妳活著，一輩子以人類的身分活著，然後死去。」

奧里林摸著我的頭髮，動作溫柔得讓我想哭。有些冰冷的手指慢慢滑下，他輕撫我的臉頰，指尖微微發抖。

我看著他的臉，那藍色雙眸如此令人沉醉。我也伸出手撫摸他的臉龐，從傷口滲出的血珠因此沾染上去。

奧里林一顫，瞳孔收縮如針尖，緊接著又放大。他微微喘息，我看見他的利牙。

如果他們的主食是人血，那奧里林都吃些什麼？

他也會咬住別人的脖子，和誰靠得那麼近嗎？

他會殺掉那些人嗎？

我看著他，不自覺地說：「可以喔。」

他渾身一震，不可置信地望著我。

我將手指放到他的嘴邊，「你可以吸我的血沒關係。」

「妳忘了我說過的話？」

「所以大多數的長生從不留活口。」

我搖頭，奧里林肯定也殺過不少人，但我不怕。

如果我終究會死在某個長生的手裡，如果我的存在會成為奧里林的弱點，那我寧願把自己的生命交給他。

「我沒關係。」

他在忍耐，血液對他的誘惑力顯然非常強烈，他既猶豫又抗拒地握住我的手腕，緩緩伸出舌頭舔拭我的指尖。

我全身起了雞皮疙瘩，有種搔癢般的感覺，奧里林舔著血，眼神變得迷亂，而後靠向我的臉，我以為他會吻我。

不過他掠過我的唇，咬上我的脖子。

刺痛以及暈眩感衝擊而來，我忍不住呻吟一聲。與尤里西斯不同，奧里林的吸血方式帶著歉意與柔情。

我掉下眼淚，這一刻明明該是幸福的，也許是因為他在吸我的血，讓我感受到了他的想法。

可是很快，火燒般的疼痛席捲，且從指尖開始，刺骨的冰冷逐漸蔓延至全身。血液從我的身體逃離，我的腦袋逐漸無法思考，只能瞪大雙眼呆呆盯著天花板。

尖叫聲響起，一開始我不知道是誰發出的，而後才發現是從我口中傳出，聲音之淒厲連我自己都不曾聽過。

奧里林錯愕地放開我，他的嘴角沾有我的血，白皙的肌膚染上血紅的印子，好美。

我的心臟劇烈收縮，呼吸困難，尖叫停不下來，身體無一處不痛。

彷彿肌膚被用力扒下的感覺令我痛苦難耐，奧里林慌張地收起獠牙，用舌尖舔拭我頸上被他咬過的地方，和他第二次救了我那時一樣。

尖叫聲消失了，我的眼前逐漸朦朧。

在被睡意淹沒之前，我看見奧里林的表情。

雖然視線很模糊，我卻清楚地讀懂了其中的情緒。

奧里林後悔了。

再次張開眼睛的時候，我已經躺在房間的床上，昨晚被吸血後的事情我幾乎都不記得，只隱約知道自己昏倒了。外頭日正當中，我猜奧里林大概又外出了。

這時，樓下傳來動靜，我嚇得一縮身子，想起曾經擅自闖入的薩爾。這次又是哪個長生？

不過現在是大白天，比起長生，我是否該更擔心是小偷？

正當我還猶豫著該怎麼辦的時候，房門忽然打開，是奧里林。

「你、你還在？」

「我為什麼不在？」他問。

「不，當我沒問。」我開心地搖頭，隨即一陣暈眩。

「別動。」他的聲音帶著點懊惱，手上竟端著一碗湯。

「那是？」

「桂圓湯。」

「怎麼會有桂圓？」

「早上去市集買的。」他坐到床邊，要我張開嘴，「吃掉。」

「咦……」

「妳貧血。」他簡短解釋，用湯匙舀起一小口湯和桂圓，吹了兩下後湊到我嘴邊，以眼神示意我張口。

除了母親以外，我從沒被誰這樣子餵食過，因此有些不好意思。吃下桂圓，我的心中湧過暖流。

「把這全部喝完。」

我接過碗，慢慢喝起來，一邊想像著他到市集去買桂圓的光景，猜測那些攤販、大媽們會怎麼跟他攀談，總是面無表情的他又會如何應對。會不好意思嗎？而且他下廚煮湯呢，為了我。光是想到這點，我就止不住笑意。

「笑什麼？」

「沒什麼。」我又搖頭，滿心歡喜地享用著桂圓湯。

「以後如果我不在，屋內的門窗都別開。」

「為什麼？」

「我設下了結界，但只要有任何出入口被打開，結界就會遭到破壞，這也是為什麼薩爾能夠進得來。」

那天我曾經開過窗户，看來薩爾正是在那個瞬間進到了屋內。

「我知道了。」

薩爾說，已經有許多長生知悉我的存在，這個情況他應該也告知奧里林了吧？

奧里林是怎麼想的呢？

「另外，妳和薩爾訂了契約？」

「是薩爾告訴你的？」

奧里林點頭，也許薩爾離去前所說的便是此事。

「他要妳答應什麼？」

「他……要我好好活下去。」

奧里林睜大眼睛，接著又瞇起雙眼。

「妳不該跟長生訂下契約。」

「我、我不是故意的，只是很想知道一些事情。」

「妳可以問我。」

「你會告訴我嗎？」

「妳沒有問，又怎麼能確定我不會說呢？」

我鼓起勇氣，「那，你是什麼呢？你有體溫、有心跳，雖然很微弱，但我的確感覺到了，你不是人類，也不是長生，所以你是什麼？」

奧里林挑起一邊眉毛，看樣子並未料到我會問這些。

「妳不用知道。」

看吧！還是什麼都不說。

我癟著嘴，只能繼續喝湯，又忍不住問了句，「那你愛過的那些女人呢？」

這一次他猛然站起身，將我手中的碗拿走。

「我再去裝一碗。」

透過他的表情，我知道，我問了不該問的問題。

那是他不願意說的過去。

我掉下眼淚，哭個不停。

而奧里林並沒有再端桂圓湯過來。

幾天後，奧里林告訴我要搬家了。

「去哪裡？」

「南部，溫暖的地方。」

於是在某個夜晚，他抱起我，如同當初帶著我來到此地一般，我依舊沒有行李，只有散發微弱紫色光芒的項鍊陪著我。

我靠在他的懷中入睡，醒來的時候，已經在另一個家裡面了。

新的落腳處比上個地方熱鬧許多，奧里林的住所一樣是獨棟的別墅，但裝潢和格局很不同。

屋外有座停車場，而一進大門就是客廳，通往樓上的樓梯在角落。樓梯後方的空間是浴室，再往裡頭走則是廚房。

沿著樓梯來到二樓，左右兩邊各有一間房，三樓同樣是兩間房，然後便是頂樓。

「二樓右邊那間是妳的。」

這次奧里林沒有讓我自己挑房間，也許是因為我們抵達時我已經睡著，所以他幫我選了一間吧。

我曾好奇地踏入三樓，然而兩個房間的門都打不開。我問過奧里林，他老樣子沒回答我。

我以後再也不相信他說有問題可以直接問他了。我賭氣地想。

不過比起之前，他現在更常待在「家」裡，白天也會陪我到菜市場買些東西，其他人總會多看奧里林幾眼，畢竟他的外型出眾，又擁有特殊的髮色，無法不引人注意。

我們在這個地方待了很長一段時間，有時候奧里林還是會離開好幾天，我並不問他去哪裡。

自從上次之後，他再也沒吸過我的血。

當他不在的夜晚，我的心便會被嫉妒吞噬，我漸漸察覺，他的身上帶著其他人的味道。

✥

會不會太過分了？

我原本想這樣喊，最後還是作罷，就怕又讓奶奶血壓升高。

所以我只得忍著怒氣，胡亂應了兩聲表示我在聽。

「這也沒辦法，我身體不好，據說那次他吸我的血時，我差點死掉，因此奧里林才不再那麼做。」

「誰跟妳說的？」

奶奶沒有直接回答，而是看向窗外，「千蒔，妳現在幾歲？」
由此可見，我和奶奶就是這麼不熟，「大四，二十二歲。」
「不用去上課嗎？」
「大四沒什麼課。」我聳聳肩。
「我想到一個問題。」
「問吧，我不像奧里林，奶奶想知道什麼，我一定都會回答。」我故意挖苦，成功讓奶奶笑了出來。
「妳跟他說過的話一樣呢。」
「跟誰？」我歪頭。
「奧里林的僕人，但與其說是僕人，我覺得他們更像是朋友……很快就會提到他了。」
我點點頭，「那奶奶想問什麼呢？」
「薩爾……妳說遇到了他。」
「喔，是啊。」如果他眞的是「薩爾」的話。
「他問妳奧里林在哪裡。」
「他的確這麼說。」
「這就很奇怪了……」

「怎麼說？」

「他應該找得到奧里林才是，雖然我只見過薩爾兩次，但他不應該會問『奧里林在哪』這種話……」奶奶忽然瞪大眼睛，喘著氣，「難道奧里林發生什麼事情了？難道眞的被尤里西斯給……」

儀器再次發出聲響，奶奶的心跳加快，我趕緊站起來安撫她。

「奶奶，別想太多，奧里林不會有事，他可能躲起來了。如果他出事了，薩爾反而會知道，不是嗎？」

「眞的？」奶奶緊盯著我，我用力點頭，她喃喃低語，「對、對，這麼說也是，沒消息才是最好的消息……」

見儀器上顯示的心跳頻率漸趨平穩，我鬆了一口氣。

「奶奶，今天先休息吧，明天再繼續說故事給我聽，好嗎？」我將奶奶的床架高度調低，爲她蓋上被子。

「好、好，也許明天就會見到奧里林了……」奶奶含含糊糊說著，很快進入夢鄉。

我傳了訊息給童曉淵，問她在哪裡。之前她提過快要考試了，她必須熬夜念書，所以自願來醫院照顧奶奶一個晚上，畢竟在家很容易分心或睡著。

「哇靠，晚上的醫院超可怕的。」一來到病房，童曉淵劈頭便這麼說。

「噓！」我趕緊要她小聲，奶奶還在睡覺。

她嘿嘿笑了兩聲，背包砰的一聲被她丟到沙發上，奶奶皺了下眉頭。

「妳可不可以注意一下？老人家都很淺眠！」我捏了她的手臂一把。

「很痛耶，妳什麼時候照顧得這麼上手啦？」童曉淵抱怨。

「小聲一點啦！」我再度用氣音告誡。

「知道了啦！」她也用氣音回應，並對我擺擺手，要我先回去。

我戴起圍巾，正準備走出病房時，童曉淵又「啊」了好大一聲。

「妳又怎麼了，就不能安靜點嗎？」她到底懂不懂得照顧人？

「歹勢啦！」她嬉皮笑臉，大衣底下是短褲和薄絲襪，和她的態度一樣不莊重，「我想到剛才從醫院後門走進來的時候，看見一個帥哥站在馬路邊，就是後門那條馬路。」

我翻了白眼。所以呢？

「雖然他挺帥的，但我覺得有點奇怪，妳小心點。」

難得童曉淵特地提醒，我皺起眉頭問：「有什麼特徵嗎？」只有在醫院後門處的公車站，才能等到駛經我家的公車。

「很高的外國人，帶著詭異的笑容一直盯著醫院的方向看。」童曉淵拿出課本，一屁股坐在沙發上，「眼睛是漂亮的黃色。」

最後那句話讓我一驚。

「黃眼睛？妳確定？」我忍不住喊。

「妳才該小聲吧！」童曉淵沒好氣地看著我，「當然確定，對於帥哥的長相我可不會記錯。」

我心跳飛快，黃色的眼睛，是我之前在夜店遇見的外國男子——尤里西斯？不，還不能確定奶奶的故事是眞是假，黃眼睛的外國人或許不多，但一定還是有的。

「天色那麼暗，妳居然能肯定對方是黃眼睛。」我試探著指出不對勁的地方，藉此安慰自己那只是童曉淵看錯了。

童曉淵歪著頭，「對呀，我也覺得很奇怪，某個瞬間他的眼睛好像發光了，大概是反射了路燈的光吧。」

她的話在我心中揮之不去，最後我放棄走醫院後門，而是在前門搭上排班的計程車。

以防萬一，這只是以防萬一。

按照奶奶的說法，尤里西斯不能傷害奶奶，所以奶奶很安全，童曉淵也很安全，因爲他也不能傷害奶奶的家人，所以沒問題的。

而他同樣不能傷害我，我的擔心害怕全是多餘。

況且那些故事本來就不可能是眞的。

應該。

由於我家位於死巷裡，所以我請計程車司機停在巷口，付錢下車之後，還要走上一段路。

也許是因爲童曉淵剛剛那番話的關係，我有些心神不寧。

夜風拂過耳邊，平時常在巷子中徘徊的幾隻野貓不見蹤影，鞋跟踩在水泥地發出「叩叩」聲響，在今夜顯得特別清晰。

我的內心不知爲何升起一陣恐懼，覺得彷彿有人在背後跟著我。我停下來轉過頭，什麼也沒有，眼前是一如往常的平靜街道，偶爾有幾台機車從不遠處的大馬路呼嘯而過。

我微喘著氣，聽見自己心跳飛快，像是鼓聲一般在我耳中迴盪。風聲與心跳聲融爲一體，有如張牙舞爪著威嚇的怪物一般，想要將我吞噬。

無論看得再仔細，我依舊沒有看到任何可疑的人影，只能歸因於自己太過疑神疑鬼。

我繼續往家的方向走去，被跟蹤的感覺又出現了。

恐懼再度襲來，我加快腳步，而後不知不覺變成奔跑。隨著我開始逃，後方有什麼追逐著的感覺更明顯了。

我猛然停下，回過頭，這次看見一個男人站在距離我十步左右的地方。

他的手插在口袋中，身穿藍色襯衫，外面套了一件綠色軍裝外套，掛著淺淺微笑，那鮮黃的瞳眸在黑暗中發亮。

「我們在夜店見過，我還請妳喝了一杯酒，記得嗎？」他開口，聲音有些尖銳。

我渾身發顫，原來不是我的錯覺，是眞的、是眞的！

尤里西斯！

他向前一步，渾身散發出危險的氣息，我警戒地緩緩後退。

「看樣子妳記得我。」

「我、我、我不認識你！」我發出的聲音竟如此微弱。

「重新自我介紹一下吧，妳叫什麼名字呢？」他又朝我踏前一步。

我用力搖頭，轉身拔腿就跑。

「逃什麼呀？」我似乎聽見他的笑聲，不管我怎麼跑，都可以感受到他緊跟在後頭。

我看過影集、讀過小說，我知道吸血鬼沒有屋主的邀請，是不能進到屋內的，所以我只要回家就沒事了！

但這時我想到，當初尤里西斯也曾直接闖進奶奶的家中。

結果就這麼一閃神，我跌倒了。顧不得手掌的劇痛，我趕緊起身，可是尤里西斯已經站在面前。

我應該跑得很快了，他居然能更迅速地繞到我前方？

他的琥珀色雙眼在黑暗中熠熠發亮，帶著狂喜的笑容站在那裡，他高速移動時一點聲音也沒有，甚至不會喘。

是眞的……是眞的嗎？

眞的有吸血鬼？

「他到底執著於妳們的什麼……」他朝我伸出手，隨即愕然停住動作，瞇起雙眼戒備地看著我的身後。

尤里西斯嘖了一聲，竟轉身離開了。

前路是死巷，他卻高高跳起來，直接躍過那面牆，消失無蹤。

「沒事吧，童千蒔。」一個聲音從上方傳來，一隻手伸到我跟前，我驚魂未定地抬起頭，看見親切微笑的小池。

你怎麼在這裡？剛剛那是誰？

心裡有諸多疑問，但我問不出口，只能顫抖地搭上他的手，讓他將我扶起。

「妳根本不用怕的啊，他沒辦法傷害妳。」小池理所當然地說，「快回家吧。」

他是尤里西斯嗎？

我還是沒有問，我害怕如果小池說是，我便等於必須面對真相。

所以我點點頭，趕緊跑回家，然後早早上床睡覺，想把這些當成一場夢。

✤

今晚奧里林身上的味道是濃烈的香水味，混雜著明顯的菸味。

我無法鼓起勇氣問他去哪了，不過他的衣領上有淡淡的紅色印子，看得出來是口紅印。

長生吸血時，會刻意選擇異性當對象嗎？

或者只要是人類都可以？

尤里西斯說過，男人的血沒有女人的好喝，加上奧里林身上所沾染的氣味通常都是女性的香水味，因此每當我清洗他的衣服時，內心總會湧出一股悲傷。

某天夜晚，我身穿單薄的睡衣，來到奧里林的房門前，鼓起勇氣敲門。

「怎麼了？」他在房中問。

「那個……我……」我沒繼續說下去，過沒多久，奧里林開了門。

看見我的穿著，他略顯吃驚，皺起眉頭問我要做什麼。而我將自己的長髮撥往右邊，並且微微朝右側首露出脖頸，表達我的意思。

我聽見奧里林倒抽一口氣，他並非無動於衷。

我簡直不敢相信自己接下來採取的行動，我緊緊抱住奧里林，即使緊張到全身發抖，我還是豁出去了。

明明我就在身邊，為什麼要找其他的人？

「封允心。」

他的語氣像是在壓抑什麼，隨後推開我，而我不知道哪根筋不對了，毫不退縮地再次往前抱住他。

「你可以吸我的血！奧里林！我不要你去找別人，我沒有辦法忍受！」在跟隨他一年之後，我終於敢說出真心話。

奧里林雙手搭在我的肩上，又輕輕推開我。

「不要！」我尖叫，連忙抓著他。

「妳的身體受不了我的侵入。」奧里林的聲音緊繃，「那天晚上妳差點死了，妳知道嗎？」

彷彿記憶的蓋子被掀開，我想起自己當時失控地尖叫，那聲音之淒厲連我自己都不禁害怕，還有那種痛楚，像是被撕裂似的，令人難以忍受。

「這是因為妳和薩爾訂下的契約，在死之前，妳會先感受到比死還可怕的痛苦！」奧里林搖頭。

「可是……可是你不會殺我的啊！只是吸了一點血……」

「都一樣！除了不可抗力所造成的傷害，例如疾病，其他任何意外都會讓妳疼痛，這就是契約！」

我摀住嘴巴。天啊，我做了什麼！

「我、我……」

「這沒什麼不好，薩爾要妳活著，我也要妳活著。」奧里林抓著我的肩膀搖晃，「一輩子以人類的身分活著，然後死去。」

腦袋一片空白，看著奧里林認真的表情，我用力搖頭。

「我不要！我要一輩子和你在一起，永遠永遠！」我大喊。

奧里林皺起眉頭，好似我說了非常天真的話。

「把我變成長生吧！」

這句話讓奧里林身子一僵，忽然間放開我。

「奧里林！將我變成長生，這樣你就不用保護我了，也不用藏匿我……這是最好的方法，我想當長生。」我抓住他的手腕哀求。

「妳……會壽終正寢，以人類的身分。」

「不、不！是因為我和薩爾的約定嗎？就是因為這樣，他才要我發誓自己會壽終正寢嗎？人類想變成長生是不是得先經歷死亡？我可以忍受那種痛苦，我可以的，只要是為了你，我什麼都願意！」

奧里林的神情顯得很難受。

「封允心，我不會將妳變成長生。妳既生為人類，也就該以人類的身分死去。」

「可是，當我的外表年齡超過你的時候，該怎麼辦？當你帶我走的時候，難道沒想到這一點嗎？」淚水沾溼我的臉龐，見奧里林眉頭深鎖，我頓時訝異，「還是說……你早就決定有一天會將我送回家？」

奧里林點頭，我的心像是被倏地揑緊，呼吸困難。

「不要、不要！你怎麼可以這樣！你把我帶來這個世界，又將我推開，那當初在樹林的時候，還不如就讓我跟姊一起走！」

怎麼可以在擾亂了我原本的生活之後，又要我若無其事回去？

「你還打算要消除我的記憶，讓我忘記一切？」奧里林的表情再度證實我的猜測，我搖著頭，「那一開始就該殺了我！」

「我要妳活著！」他抓緊我的手，我死命想掙脫。

奧里林的力氣很大，他用另一隻手抬起我的下巴，強迫我看著他。

那雙湛藍的瞳眸中透露著堅定，和大海一樣深不見底。

我再次悲哀地發現，我真的不了解他。

「以人類的身分活著，以人類的身分死去。」

我紅起臉，雙頰熱燙不已，卻是由於羞恥。

眼眶不自覺湧出更多淚水，我不斷搖頭，他放開我，往後退一步。

「妳終究該回去人類世界。」

他毫不留情地關上房門，我的哭泣聲被隔絕在外。

他能感受到人類的傷痛嗎？

我的愛慕之情對他來說，分文不值。

隔天起床時，奧里林已經不在了，空蕩蕩的屋子如同我的心，他的來去我無法干涉，只能終年在此等待。

入夜後，奧里林沒有回來，我坐在客廳的沙發等到睡著，醒來時卻已經躺在床上，就這樣過了好幾天。

我一直沒見到他。

某天晚上，我縮在沙發看電視，忽然發覺屋外有不尋常的騷動。我立刻將電視關掉，警戒地掃視周圍。

門窗都關好了，結界沒被破壞，長生進不來的。

由於反光的關係，我無法透過窗户確認外頭的狀況，只能從玻璃看見自己驚慌的表情。

我貼到窗邊，用一隻手半遮住眼睛，想藉此瞧得清楚些。這時，不遠處彷彿有人影晃動，我嚇得趕緊退後。

門把驀然轉動，我不由得擔心起一個問題：奧里林的結界防得了長生，但防得了人類嗎？

長生不會開門進來，一定是人類！

我匆匆往廚房跑去，拿了把水果刀防身，此時大門也被打開了。

不妙，是誰？小偷？

對方的腳步聲似乎在客廳徘徊了一陣，鞋子踩在地板上發出的聲響十分清晰，他朝廚房走來，步伐不疾不徐。

我握緊手中的水果刀，如果是長生，項鍊可以為我爭取到逃跑的時間；如果是人類，手上的刀讓我還有一點自保的可能。

腳步聲越來越近，最後在廚房門口停下，視線正好被冰箱擋住，使我看不清楚對方是什麼人。

「允心小姐，請您不用害怕。」清脆的男孩聲音傳來，「我是奧里林先生派來保護您的，請將手上的刀放下，那無法對我造成傷害，卻可能使您不小心受傷。我的定力沒有奧里林先生好，若是讓我聞到血腥味，難保不會傷害您。」

我皺起眉頭，奧里林派人保護我？

「他、他去哪了？」

「奧里林先生家中有事情需要處理，走不開。」

家？

他的家不就是這裡嗎？

不，是我自以為這裡是我們的家，奧里林其實有真正的家，而那裡並沒有我的容身之處。

「請您相信我，若非奧里林先生讓我過來，我又怎麼有辦法闖入結界如此完美的這棟房子呢？」

他的語氣誠懇得令人無法不相信，我手中的水果刀滑落，還沒掉到地上，對方便出現在我面前，穩穩地接住刀子。

「非常感謝您。」看起來像東方人的男孩向我露出微笑。

他稚氣未脫，身高和我差不多，大概二十歲左右，頭髮蓬鬆得像是圓滾滾的小動物般，黑眼珠也圓溜溜的，身穿吊帶褲。

他將水果刀放到流理臺的刀架上，對我說：「允心小姐有想吃些什麼嗎？我什麼料理都會做，儘管吩咐。」

我狐疑地看著他，「你……是誰？」

他瞪圓眼睛，接著拍了下額頭，「啊，真是抱歉，我居然忘了先自我介紹，允心小姐一定很疑惑吧。」

他彎腰鞠躬，一隻手放在前方腰際，像是電視中才會看見的外國紳士般。

「我叫小池，跟在奧里林先生身邊已經百年，盡力服侍著他。雖然他不喜歡我用『服侍』這兩個字，但我覺得這是種光榮。平常我大多待在家中，接受他的指示協助處理事務，這次同樣是聽從他的命令來到允心小姐身邊。報告完畢！」說完，他舉起右手放在眉梢邊俏皮地敬禮。

百年……果然是段很長的時光。

「謝謝你，小池。」

「不用客氣，允心小姐。對我來說，您的地位等同於奧里林先生，有任何疑問儘管提出，我都會回答，也請您對我不用客氣，有什麼需要都可以說。」他歪頭微笑，「首先就是，允心小姐，您餓了嗎？」

我摸著肚子，有些不好意思地點點頭。

「那麼交給我吧。」他燦爛一笑。

我坐在客廳等待，沒幾分鐘，小池便端著熱騰騰的麵線出來，裡面加了新鮮的蚵仔與蔥花，還有一顆蛋，味道好極了。

在我吃著麵線的時候，小池始終保持笑容待在一旁，令我有些不好意思。

用餐完畢，他拿起碗要去廚房清洗，我和他拉拉扯扯老半天，他仍然堅持這是他的工作，要我乖乖被服侍就好。

這下子我有些無所適從，呆坐在客廳，不知道該做什麼。

奧里林派小池過來是為什麼呢？

他不想再見到我了？

這是他告別的方式？

接下來，他是不是就會消除我的記憶，或是乾脆要小池殺了我？

我只是想留在他身邊。將我變成長生，一輩子和他廝守，絕對是最好的選擇。

薩爾說奧里林愛我，他錯了吧。

奧里林並不愛我。

不一會兒工夫，小池整理好一切，腳步輕盈地回到客廳。

「允心小姐，您沒事吧？」

原來我又哭了。

「我說過了，有任何問題您可以問我，我跟奧里林先生不一樣，我什麼都會回答喔。」他拿出手帕為我擦拭眼淚，「不過如果是關於奧里林先生最深的祕密，我就不能說了，除此之外，無所不答。」

「奧里林也說我有問題可以問他，可是他什麼也不說。」我悶悶地埋怨。

「奧里林先生總是那樣呀，但我可不一樣喔，我差不多在中國的明朝時期出生，思想和他比起來稍微『年輕』一些。」他對我眨眨眼睛。

「……真的什麼都可以問？」

「當然嘍。」小池瞇眼淺笑。

「奧里林他幾歲了？」我有不少疑問，只是我也沒想到自己的第一個問題會如此簡單。

「詳細歲數我不清楚，只知道奧里林先生至少從南宋時期開始就活在這個世界上了。」

「奧里林有其他同為長生的朋友嗎？我見過薩爾，他和奧里林的關係如何？」

「薩爾的存在很特別呢，他常常和奧里林先生起衝突，相當深不可測，不過嚴格說起來算是奧里林先生的朋友，只是兩人很久才會見一次面。」小池忽然蹙起眉，「我聽說，允心小姐也見過尤里西斯了，是嗎？」

聞言，我一陣發顫，我絕不想再體會一次面對他的那種恐懼感。

「尤里西斯是個瘋狂的長生，我想奧里林先生一定說過，其實我們對人類不是很友善，幾乎不會留活口，但也只限於進食時。只要夠克制，我們還是可以和人類和平共處。」小池天真微笑的模樣令我有些害怕，他所說的可是人命。

雖然人類不也如此？吃牛、吃雞，不也一樣嗎？

「可尤里西斯卻是……殺戮。」

「是的，尤里西斯喜歡玩弄人類，他覺得看你們恐慌很有趣。」小池聳聳肩，「我不否認我們是可怕的生物，我們當人類是食物，所以對我族來說，奧里林先生才會這麼特別。」

「他……會愛上人類女子……」

小池點點頭，「其實這也沒什麼吧？人類的壽命不到百年，就已經能和許多同類談戀愛了，何況是生存了上百年的我們呢？只不過奧里林先生總是和人類女子相愛，這使得他更加備受爭議。」

「奧里林不是長生，也不是人類，他是……什麼？」

「這個問題牽涉到奧里林先生的隱私，但我還是能透露一些。奧里林先生不完全是長生，某方面來說，他像是進化過的長生，並不害怕陽光。這件事所有長生都知道，所以不是祕密，我想允心小姐也知道吧？」

我點頭，同時注意到當小池提起奧里林時，眼裡所流露出的深深崇拜。

「那你們是不是只會吸異性的血？」

「不一定，也可以吸同性的血，只是異性的味道比較好，營養價值也比較高，所以我們幾乎都會選擇異性。」

和我猜測的一樣。

「那奧里林吸食人血的時候……也會殺掉那些人類嗎？」我下意識握緊自己的手指。

我知道長生會殺人，卻還是想安慰自己，奧里林不會這麼做。

小池看穿我的想法，搖頭表示：「很抱歉，允心小姐，我們不是人類。您不也吃其他生物的肉嗎？任何個體要生存下去，本來就必須抹煞其他個體的生命。」

是啊，確實如此。

「除了你和薩爾以外，奧里林還有其他長生朋友嗎？」

「我並不是奧里林先生的朋友，我是他的……下屬吧，我厚著臉皮跟在他身邊，奧里林先生是最近這一百年來才比較常交代我去辦重要的事。」小池驕傲地挺起胸膛，毫不隱瞞自己對奧里林的崇敬，「奧里林先生還有另一位朋友，不過奧丁的身分比較敏感，所以他們很久沒聯絡了。」

又聽到了一個新名字，奧里林的另一個朋友？不知道我有沒有機會見到。

「奧里林他……」

「一如先前所說，他在家中處理事務，所以派我來照顧您。」小池恭敬地對我行禮，「允心小姐，請別擔心，雖然我是長生，但還算有自制力的長生，簡單來說，只要您不流血，我就不會失去控制，有點像鯊魚一樣。」

我咬著下唇，小池大概是想以幽默化解我的不安，只是我擔憂的並非這點。既然奧里林會派他來，就表示他值得信賴，然而我在意的是奧里林的想法。

「允心小姐，請您別胡思亂想，奧里林先生很珍惜妳，才會將那條項鍊交給您。」小池又一次看穿我的心思，出言勸慰。

我輕撫自己胸口的項鍊，「這個……其他女人也戴過嗎？」

小池點頭，「那項鍊能發揮一定的保護作用，雖然不是萬能，這點您應該也知道。我並不是故意嚇唬您，但跟著奧里林先生的人類女孩，那些小姐們……統統不得善終。」

我的心一縮，「薩爾也說過。」

「奧里林先生身分特殊，他無所不能，所以身邊的脆弱人類常會成為目標。有好幾位女性死於被其他長生吸血，也有幾位在奧里林先生的面前被撕碎。當然，那些長生最後都被奧里林先生解決了，但人類死了就是死了。」小池的表情看不出一絲哀傷，完全只是在陳述事實。

「這棟屋子……樓上有兩個房間進不去，是因為以前有其他女人使用過嗎？」

小池點點頭，「奧里林先生曾經先後安排兩位小姐來這裡，一位大概一個禮拜就被長生殺死了，另一位更是在抵達的途中死亡。所以您明白為什麼奧里林先生要和您保持距離了嗎？」

「他認為離我遠一點，感情就不會投入太多？」我摀住嘴，再度哭了起來。

小池露出為難的表情，「很抱歉，我無法理解人類的淚水。」

「因為長生沒什麼感情……是嗎？」我苦笑。

「不，我們當然有感情，否則怎麼會有崇拜的心理呢？」小池正色，「只是，我不明白為什麼允心小姐要哭，那無濟於事。我們有感情，也會愛上其他的長生，然而比起人類，我們更能控制自己的情緒。比如說，當我第一次為了進食而殺掉人類時，也曾經害怕得一個月睡不著覺，但在此後的漫漫歲月之中，我不知道殺了幾個人，因此早就麻木了。同樣的，愛、感動、憂慮、悲傷之類的情緒雖然有，也早已不再深刻。」

我有些訝異，長生總是面無表情，所以我一直以為他們沒什麼情緒。

「不過奧里林先生比較特別，在這方面，他比較偏向人類的多愁善感。」小池補充。

「這樣的話……他所受到的傷害不也就特別深？」

小池歪了歪頭，「好像是這樣，難怪以前每當奧里林先生的女人死去，他都會消失一段時間呢。」

「小池……」我微微皺眉。

「哎呀，沒辦法，我們長生比較沒有同理心一些。」小池露出可愛的微笑，說出的話卻令人不寒而慄，「活太久了，已經體會不到什麼是活著，理所當然對許多事情都比較淡然嘍。」

「如果我也活了這麼久，會不會變得跟你一樣？」

「不可能的，允心小姐是人類啊。」

「我……」我深吸一口氣，「我想變成長生。」

小池一愣，我繼續說：「我已經和奧里林提過，但是他……」

「允心小姐，您在說什麼呀，您是人類啊。」小池不解。

我有些生氣，「奧里林這樣說，你也這樣說，甚至連薩爾都要我發誓會壽終正寢……我當然知道我是人類，可是我想成為你們的一分子，我想一輩子待在奧里林身邊啊！」

「允心小姐，我不明白呢。您這輩子待在奧里林先生身邊是有可能的，不過待在奧里林先生身邊一輩子的不會是您，因為生命週期根本不一樣呀。」小池認真地表示，「奧里林先生一定也是這麼認為。他所能做的就是將您藏起，想盡辦法不讓其他長生找到，以保護您短暫的生命。」

「我不要這樣下去，每天都只能傻傻等著他，不知道他什麼時候回來，我的心很煎熬、很難受……」我啜泣著，小池緊皺眉頭，像是真的不明白我的痛苦。

對他們來說，從來沒有將我變成長生這個選項吧。

過了一會兒，我冷靜下來，決定將話題轉到小池身上。

「那，你為什麼會成為長生？因為戰爭嗎？」

小池有些疑惑，「咦？為何您會這麼問？」

「抱歉，冒犯了，這是不能問的問題嗎？」我慌張起來，因為小池告訴我太多事，讓我忘了提問應有的禮儀，這個問題等於是問他怎麼死的，實在太失禮。

「不，請您不要誤會，沒有什麼冒犯不冒犯的。」小池像是有讀心術一樣，隨後露出恍然大悟的表情，「所以您才……」

我歪頭看他，一邊擦拭自己的眼淚。

「怎麼了？」

如果說奧里林一貫的表情是沒有表情，那麼小池的標準表情便是微笑了。

「允心小姐，如果奧里林先生沒有說的話，我也不會說。」小池朝我一笑，行了個禮，「您該就寢了。」

我有點困惑，難道意思是奧里林沒說過他是怎麼死的，小池就也不會說嗎？

但我已經不好意思再多問。

進房間前，我轉頭看了眼站在樓梯邊待命的小池，「你們不需要睡眠嗎？」

「需要，只是時間是在白天，也不用睡多久。睡眠中的我們十分脆弱，所以我們從不會讓其他人知道自己睡覺的地方。當然，奧里林先生另當別論，白天他就算大剌剌地躺在海邊休息，也不會有任何長生去傷害他，畢竟長生怕陽光嘛！」

「小池，難道以前那些人類女孩從沒說過也想變成長生嗎？」我還是忍不住又問。

小池露出難以解讀的笑容，搖搖頭。

怎麼可能呢？

任何人都會想與所愛的人長相廝守，況且奧里林雖與我保持距離，可沒和那些女人保持距離，那些女人怎麼可能不想變成長生？

或許，她們是在成為長生前就死了。

不管怎樣，我得到的一個結論是，所有長生都希望我當個人類，以人類的身分死去，然後離開奧里林。

✥

聽到這裡，我渾身顫抖起來。

奶奶的故事是眞的，即便我再不想相信，世界上的確有吸血鬼。

在我沒告訴她自己遇見小池的情況下，她卻先說到了小池的名字以及外型，甚至連小池稱呼奶奶的方式都絲毫不差——允心小姐。

所以……無論是薩爾，還是想殺了奶奶的尤里西斯，那個我在夜店遇見的男人，他們的眞實身分同樣無庸置疑。

尤里西斯已經找到了我。

如同奶奶一開始所說，我的這張臉會爲我帶來麻煩。

那奧里林呢？

當他見到年邁的奶奶，又發現和奶奶幾乎有相同容貌的我，內心又會怎麼想？

「奶……」我想告訴她，我曾經在醫院外看過疑似奧里林的男人，也想告訴她，我遇見了小池。

這些都在在表示，奧里林沒有遭遇到危險，而且一直在附近守護著奶奶。

我不再覺得奧里林不夠愛奶奶了，同時也認爲，以奧里林的個性，照理說不必等到奶奶開口，在他要奶奶和他走的那個當下，應該就能將奶奶變成吸血鬼了。

或許人類想成爲吸血鬼必須經歷繁雜的程序，在電影和小說的情節裡不都是如此嗎？

例如要經過好幾天的轉化，可能得埋在土中、可能得忍受劇痛，雖然也可能只透過血液交換便成爲吸血鬼。

奧里林有太多機會可以將奶奶變成吸血鬼，卻沒那麼做。

難道，他不希望自己所愛的人變得和他一樣？
或者是，他只會愛上人類，如果人類成爲吸血鬼，他就不再愛她們了？
可是，我想起薩爾說過的話。

「奧里林親手埋葬了無數愛過的少女。」

有沒有另一種可能，奧里林不是「不願」，而是「不能」？
如果人類與吸血鬼完全是不同的物種，那人類根本沒有辦法化爲吸血鬼，就如狗和狼即使再相像，也不可能彼此轉化。
所以奧里林才會那麼痛苦。
所以奧里林才不給予任何承諾。
我的心一陣刺痛，顯然奶奶並沒有意識到這個可能。
不過這只是我的猜想，眞相究竟如何，目前無解。
我扯出一個微笑，輕輕爲奶奶蓋上棉被。
「奶奶，明天會是好天氣呢。」
「是呀……也許明天，我就能見到奧里林了。」她又說著這句話，沉沉入睡。
奶奶抱著這樣的期盼有多久了？

一個禮拜？三個月？還是六十年？

此刻奶奶需要的，是安穩的休息，我不該告訴她這個連我自己都不確定的猜測，讓她傷心。

看著窗外皎潔的月亮，我不禁試圖想像，在幾十年以前，奶奶第一次看見奧里林的震撼。

想著想著，我也產生了想見奧里林的渴望。

第九章

我知道的，奧里林對待我絕無一絲虛假，
然而我就是無法遏止內心的空洞不斷擴大。

自從那天之後，我走在街上時總會下意識東張西望，尋找有無銀髮的男人，並且也更常到醫院照顧奶奶，卻沒有再看過任何一名吸血鬼。

我端詳著奶奶脖子上的項鍊，那紫色寶石散發出淡淡的光芒，十分漂亮。因爲想知道這是什麼寶石，於是我用手機的攝影功能將項鍊拍下來，到附近的相關店家詢問，店員說很有可能是紫鋰輝，一種水晶。

紫鋰輝最主要的特點，就是不能在陽光之下曝晒，和吸血鬼的特性有異曲同工之妙。配戴這種水晶可以舒緩身心，不管懷有什麼層面的傷痛，紫鋰輝都能幫助平撫，是充滿正面能量的水晶。

「這需要定期消磁，例如放在晶簇、晶洞中，或是用薰香的方式也可以。從照片看起來，這條項鍊保養得還不錯，妳是用什麼方法呢？」店員微笑著問。

「這是我奶奶的項鍊，我也不知道她有沒有特別保養，但她確實很寶貝。」

「這樣呀，全心全意地愛護也是一種保養喔，我可是說眞的，水晶對於愛的能量最敏感了。」

不知爲何，我聽了既覺得溫暖，又有些難過。

那條項鍊裡有著奶奶對奧里林的愛，同時也保存了好幾百年以來，其他人類女孩對奧里林的愛情。

奶奶和奧里林到底爲什麼會分開？

我很想知道故事的後續，不過今天奶奶必須接受檢查，所以我只能回家。

打從上次在巷子裡被尤里西斯追逐後，夜裡一個人在外走著總令我有些不安，幸好什麼也沒發生。

來到書房，我拿出那個裝滿相簿的箱子，打開其中一本，一頁頁翻著。

看著年幼時的奶奶，還有一些親戚的照片，我忍不住想，這些年奶奶是以怎樣的心情活著？

她說，她從沒愛過爺爺，那麼她活到現在是爲了和薩爾之間的契約，爲了讓自己壽終正寢嗎？

奶奶原本是個臉上洋溢著快樂笑容的純眞少女，可是離家兩年之後，回來的她成了另一個人，也就是現在的奶奶。

沉默、難以接近，像是徹底封閉了自己。

我不由得感到心痛，我心疼得不到母愛的爸爸、心疼從未謀面的爺爺，更心疼身爲一個女人的奶奶。

翻過一張張奶奶面無表情的照片，我忽然發現了異狀。

少數幾張照片裡頭，奶奶身後的背景有一處略顯模糊。剛開始我以爲是照片畫質不夠清晰所導致的，畢竟以前相機的成像技術不如現在來得好；但在奶奶較爲年邁後的一張彩色照片裡，因爲背光的關係，我注意到後方模糊的影子反射出一點銀芒。

那點銀芒並不明顯，即使仔細看也可能會忽略。

但我卻覺得，那肯定是奧里林。

我沒打算把這件事情告訴奶奶，因爲第一，沒有證據。第二，奧里林既然選擇默默待在一旁，那就表示他不想被奶奶知道。

這讓我一肚子悶氣，他們之間到底發生過什麼事情，導致最後分開呢？

「因爲太過相愛，所以小心翼翼，因爲太過愛他，所以剎那即是永恆。」

奶奶之前說過這句話，我並不同意，能夠一直在一起才叫永恆。

將愛情留存在記憶之中，是最消極的態度。

況且，這麼做對奶奶的未來有幫助嗎？

她的確結婚生子，依照一般人的人生歷程活著，可是奶奶並不快樂，爺爺也不快樂，奶奶的孩子同樣不快樂，這樣的人生眞的比較好嗎？

不過再怎樣，我也該先聽完奶奶的故事，再決定有些話該不該說。

我將相簿闔起，放回箱子中再收進櫃子。離開書房前我想了想，又把那幾張疑似拍到奧里林的照片拿出來，另外保存。

畢竟吸血鬼需要得到邀請才能進入別人家中這一點，是從電視影集看來的，可是根據奶奶的說法，現實中的吸血鬼似乎可以不請自來，爲了避免照片被偷偷拿走，還是謹愼爲上。

「童千蒔！」我一走出書房，就看見童曉淵正巧從我的房間出來。

「妳怎麼在這？」

「咦，我不能來嗎？」

「沒有，今天不是輪到妳照顧奶奶嗎？等等我才要跟妳換班耶。」我瞇起眼睛，「妳偷跑？」

「才不是，是因爲奶奶有客人。」童曉淵看著我手裡的照片，一把搶過，「哇，這是奶奶的照片嗎？她年輕的時候也跟妳太像了吧，隔代遺傳喔！」

「不要亂拿。」我搶回來。

「妳是要帶去醫院給奶奶看？」

我隨口應了聲，將照片收到自己的背包中，「奶奶有什麼客人？」奶奶過去獨來獨往，應該沒什麼朋友才對。

「我也不知道耶，一個外國人，超帥的。」

我瞪大眼睛，「不會是黃眼睛吧？」

「不是啦，反正是帥哥，沒想到奶奶認識那麼帥的年輕外國人，我原本想待著順便認識，但奶奶叫我先走。」童曉淵無奈地聳肩。

我的心臟狂跳不已。是哪一個吸血鬼？

「我去醫院。」丟下這句話，我飛奔到玄關穿鞋。

「妳急著要去看那個帥哥喔？那我跟妳一起去好了。」

「妳待在這！別湊熱鬧！」我喝斥，關門時隱約聽見童曉淵抱怨我想獨享好康。

他們找到奶奶所在的地方了嗎？明明現在太陽還沒完全西下，爲什麼會有吸血鬼上門？

不，小池說過，只要不直接晒到太陽，吸血鬼還是可以短暫忍耐陽光的。

可是，奧里林應該會待在醫院附近保護奶奶，對方既然可以來到醫院、踏入奶奶的病房，那大概就不是懷有惡意的吸血鬼。

這樣一來，我想到了一個可能的人選——

我衝進奶奶的病房，首先見到的是穿著灰色連身大衣的男人背影，他坐在奶奶床邊的椅子上，奶奶泫然欲泣的模樣令我心頭一緊。

「你、你是誰？爲什麼惹哭奶奶？」我喊出聲，男人微微側過頭，灰黑的卷髮、棕色的眼眸。

薩爾。

我在捷運站遇到的那個男人。

「……我先離開。」他站起身，我的出現似乎並沒有讓他太訝異，當他走過我身邊的時候，我渾身緊繃，睜大眼睛直盯著他瞧。

薩爾的腳步停頓了一下，俯視著我的目光帶著不屑。他輕勾起一抹微笑，從口袋裡拿出一頂帽子戴上後，離開病房。

我幾乎屏住呼吸，過了幾秒才大大喘了一口氣。

「奶、奶奶，就是他，我在捷運站遇到的就是他，他就是……」

奶奶將手指抵在自己的唇上，對我輕輕搖頭。

他聽得到。

奶奶用嘴形這麼說。

我趕緊閉上嘴巴，連呼吸都不敢，仔細傾聽著外頭的動靜。

除了醫護人員走路的聲音、其他病患家屬的交談聲、儀器運作的滴答聲，還有我的心跳外，沒有其他聲響。

奶奶提過，她對我說的事情是祕密。

要是有吸血鬼知道她將這些事告訴我，我會怎麼樣？

會有誰來取走我的記憶嗎？

我慢慢走到奶奶的床邊坐下，床頭放了一大束紅色玫瑰，我皺起眉頭，「他送的？」

奶奶點頭。

「送紅色玫瑰也太招搖了。」我硬是挖苦了一句。

「畢竟對他而言，這是喜事。」奶奶輕聲說，嘴角揚起一點笑意。

是了，奶奶答應過薩爾，會壽終正寢。

我鼻頭一酸，胸口彷彿被沉甸甸的東西壓著，喘不過氣，於是我趕緊拿起桌上的一顆蘋果試圖掩飾。

蘋果的色澤和玫瑰一樣豔紅，美得令人屏息。

「奶奶，他走了嗎？」

「應該吧，他見到他想見的了。」

「他……薩爾來做什麼？」

奶奶兩手輕輕地由上往下在自己的身子比劃，「就來看我這樣啦。」

我有些心酸地笑了笑。

「然後……他問我有沒有見過奧里林。」

我心下一驚，下意識將手蓋在裝有照片的包包上。

「他說，我離開多久，奧里林就消失多久，沒有任何長生找得到他，但任何長生都知道我在哪裡……不過我已經不再是奧里林的弱點，他們不會找我的麻煩，我可以以人類的身分安享晚年，然後死去……」奶奶的聲音哀傷得有如在哭泣。

我握住奶奶的手，「奶奶，妳眞的這樣覺得嗎？」

奶奶茫然地看著我。

「奧里林眞的一走了之了？沒有任何吸血鬼找得到他，可是他們找得到妳，卻又沒對妳動手，妳眞的認爲是因爲妳不再是奧里林的弱點？如果人命對吸血鬼來說不算什麼，他們何必放過妳呢？他們可以試著抓走妳，逼奧里林出現啊，即使奧里林沒現身，想必他們也無所謂，不過是一個人類的生命罷了。」

奶奶微微瞪大眼睛，搖頭說不可能。

我深吸一口氣，原本想將包包裡的照片拿出來，頓了頓，又覺得稍等一下比較好，至少在聽完故事以後。

「奶奶，繼續說吧。」

✥

奧里林不再出現，每天每天，就只有小池與我待在一起。

小池幽默風趣，雖然偶爾流露的冷血態度仍舊提醒我，他不是人類，不過和薩爾及尤里西斯相比，他有「人性」多了。

他會做各種美味的料理，也會講很久以前的故事給我聽，他說，活了這麼長的歲月，若不多做一點事情實在太浪費了。

我很好奇他為什麼會用「活」這個字。照理說吸血鬼在醫學定義上是已死的生物，心臟不會跳動、血液不會流動，又怎麼能算活著？

「我們會思考、會說話，還需要進食，難道這不是活著嗎？」小池曾經這樣回答我，讓我啞口無言，「何謂活著是你們人類擅自認定的。」

「我們人類？你不也曾經是人類？」我問。

小池聳聳肩，「總之，對我們來說，我們和你們都是一樣的，一樣活在這個世界上。」

「我明白了，我的說法確實不對，很抱歉。」

「沒什麼的呀，允心小姐，永遠不用向我道歉。」小池慌張地舉起雙手揮著。

我笑了起來，小池之所以稱呼我為「小姐」，只是因為我算是奧里林的戀人。

奧里林擔心我成為其他長生的目標，所以和我保持距離，又把我藏匿起來。可是如果藏起來就可以保護我，那為什麼不接近我呢？

「奧里林最近在做些什麼？」

「嗯……他總是有很多事情，但也可能什麼都沒做。有時他會站在窗邊一整天，也不知道在想些什麼，不過不管奧里林先生做什麼，都一定有他的用意啦。」

「他……什麼時候會過來呢？」

小池愣了下，垂下頭說：「這我就不能給您肯定的答案了。」

「如果他不再來，那為什麼不讓我離開？」

「不行啊，這樣其他長生會抓到您的！」

「他是擔心我的安危，還是擔心他跟我相處的記憶被其他長生看見？」

小池不語。

「以前那些女人們，難道就沒有洩漏過他的祕密嗎？」

「奧里林先生其實沒有祕密，他的家族在我們的世界家喻户曉，人類女孩也不會知道太多他的事，他不想讓長生看見的……是他的表情。」

「表情？」

「這麼說您也許很難理解，但我們長生的表情沒有你們人類豐富，奧里林先生的某些表情……只會在人類女孩面前展露。」

我抿著唇，「也許並沒有在我面前展露過。」

小池沉默了幾秒，「所以允心小姐想離開嗎？」

「如果他不需要我的話。」

「允心小姐，為什麼您不明白奧里林先生的心意呢？」
「我說了，我想成為長生，以前那些女人沒要求過，可是我希望呀，我不想一輩子被藏著，等到我老了，你們依然年輕，那我該怎麼辦？我不要這樣！」
「奧里林先生不會因為您的外表變化而改變心意啊。」
「但到了那時候，我就更加是累贅了，與其總有一天會被長生發現，不如現在就殺死我，或是乾脆把我變成長生。」
小池為難地搖頭，說他不能作主。
我知道怎麼求他也不會有用，這些只是我賭氣的話。
不管怎樣，我都會留在奧里林身邊，況且若真的能變成長生，我也要由奧里林來為我完成。
「允心小姐，您真的不需要擔心，也不需要想太多，奧里林先生無疑是愛您的，也許他無法給予您理想中的那種愛情，但我跟在他身邊已經百餘年，我明白他的想法。」小池清澈的雙眼看著我，「現在，是他最脆弱與堅強的時候，同時也是他最溫柔的時候。」
我的心微微一揪，感受到小池話語中的真心。
我知道的，我其實知道，奧里林對待我絕無一絲虛假，然而我就是無法遏止內心的空洞不斷擴大。

「抱歉，小池，當我剛剛沒有説過那些吧。」我起身，聽著窗外強勁的風聲，「風好像變大了。」

「有颱風，但允心小姐放心，我會做好萬全的防颱準備。」

我不禁莞爾，想像小池用膠帶在窗玻璃上交錯貼出大大「X」字的模樣。

躺在床上，我輾轉難眠，內心有太多的苦惱無處傾訴。

當初和奧里林離開的時候，我想得無比天真單純，只希望自己的家人能遠離危險；可是來到這裡後，我開始期待和奧里林能有更密切的互動，期待他會像我愛他那般愛我。

而不是像現在這樣，我越是喜歡他，便越是痛苦。

外頭風聲大作，忽然間砰的一聲，我嚇得從床上彈起來，緊張地看向窗外。

「允心小姐，您沒事吧？」小池的聲音從房門外傳來。

「我、我沒事，是風的聲音。」

「請安心睡吧，我已經做好防颱措施了。」小池用輕快的語調説。

我在被窩裡扯扯嘴角，卻抹不去心中的哀愁。

小池離開得無聲無息，狂風依舊，當我恍恍惚惚陷入睡夢中的時候，一陣更大的巨響伴隨玻璃破碎的聲音猛然炸開。

我來不及意識到發生什麼事，只覺右手一陣劇痛，那痛楚蔓延到肩膀及胸口，窗玻璃碎裂了，一截粗大的樹枝重重砸在我身上，顯然是被異常的外力投擲而入。

雨水透過窗户的破口灑進，整個房間一片凌亂，玻璃渣跟著樹枝刺進我的皮膚，我知道自己受傷了，傷口還不小。

「允心小姐！」小池衝進房間，打開電燈。

下一秒，我看見他的瞳孔迅速地反覆放大縮小，小池喘氣的聲音即便在風聲中仍如此清晰。

「小、小池……」我連說話都非常吃力。

「允心小姐……您受傷了……」他站在原地，一會兒前進、一會兒又後退，看起來十分猶豫。

我聞到鐵鏽似的味道，因為身體被樹枝壓著無法動彈，我只能勉力轉動眼珠子往下看，隨即見到鮮紅的血液從衣料中滲透出來，我的衣服有一大半面積都是血。

我倒抽一口氣，小池已經伸出獠牙，瞳孔放大。

「小……小池，清醒一點，是、是我啊……」我虛弱的話音被風雨聲蓋過。

正朝我走來的小池全身一顫，閉上眼睛搖著頭想退後，但風將血的氣味擴散到每一個角落，充滿整個房間，灌入小池的鼻腔。

當他再次抬頭時，臉上的表情已經不是我所認識的小池，而是長生，和樹林裡的尤里西斯一樣令我畏懼。

人類終究是他們的食物。

小池不是說過嗎？所謂的食物鏈即是如此。

是我自以為可以安穩待在他們身邊。

所以，奧里林為什麼不將我也變成長生呢？

就算沒有和薩爾訂下契約，他也沒打算讓我成為長生啊！

小池猛然一跳，兩腳踩在我的雙臂兩側，床鋪的震動令我的傷口被拉扯，瞬間湧出更多鮮血。

他的嘴角上揚，彎下身子，尖牙刺進我的脖子裡。

我尖叫，除了身上的傷、被侵入吸血的痛楚外，還有另一種更加撕心裂肺的疼，蔓延到全身。身體的每條血管都在發燙，如火燒一般，將痛苦烙印在靈魂中。

「妳會活著，活到老死，活到壽終正寢。」

薩爾的話在我的腦中迴盪，不斷重複，腦袋彷彿要爆炸了似的。

「每當遭逢生死危機，血液都會提醒妳答應過我的事，到最後，妳就會自己離開奧里林了。」

「爲……爲什麼？」

「爲了活下去。」

劇烈的尖叫及碰撞聲響起，我以為是我發出的，隨後才驚覺是小池的聲音。

他渾身冒煙、皮膚潰爛，而我脖子上那條項鍊的紫色光芒逐漸黯淡。

是奧里林的項鍊救了我，可是對方是小池啊！

小池痛苦地尖叫，在地上縮著身體不停顫抖，我也因為重傷而導致渾身更加疼痛，全是因為薩爾的契約。

「哎呀哎呀，好久不見啦！」有如從地獄傳來的聲音出現在窗邊。

黃色雙眼流露危險光芒，褐色頭髮隨風飄逸，尤里西斯掛著笑容站在那裡，身後兩側分別有兩個人。

「這次是這個？」臉上帶著雀斑的紅髮瘦弱男人挑起一邊眉毛。

「跟上一個差真多。」鷹勾鼻的方臉男人沉聲說。

「在我眼裡，人類都長得一樣。」尤里西斯瞇起眼，「食物。」

他們三個陰陰笑著。

「不妙，這麼多血，我會受不了。」紅髮男人舔了舔唇。

「我們的目標是奧里林，只要留一口氣就可以了，吸一點點血，沒關係。」方臉男人嘶了下口水。

「別說笑了，你們怎麼可能忍得住？」尤里西斯瞥了眼倒在旁邊抽搐的小池，「要引走他還真是麻煩，好在有那條項鍊啊，奧里林真是聰明反被聰明誤。」

我的眼前逐漸模糊。為什麼尤里西斯會在這裡？他不是跟奧里林訂了契約，不能傷害我嗎？

他看穿我的疑問，從窗臺跳下來，黑色皮鞋踩在玻璃碎片上，「只要我不是親自動手，就不算違反契約。」

尤里西斯的臉貼到我眼前，他的獠牙因為血腥味的刺激而伸出，「這可怎麼辦呢，這麼多血，我們要怎麼辦呢？」

「尤里西斯。」忽然，薩爾出現在窗臺上。

「薩……」方臉男人連名字都還沒喊完便瞬間被擊落，速度之快令我根本來不及看清。

紅髮男人立刻衝過去，兩人隨即在空中扭打起來。

「嘖！」趁著這個空檔，尤里西斯用一隻手揮掉我身上的粗大樹枝，樹枝彈到小池身上，小池抽動了下，仍然蜷縮在地。

我一句話也說不出來，但我很擔心小池，希望奧里林不會怪罪他。

尤里西斯粗暴地將我從床鋪上抱起，我的肩膀好像脫臼了，全身劇痛難耐，每一寸肌膚、每一條血管、每一滴鮮血都在對我發出抗議，都在折磨我。

尤里西斯抱著我在夜色中狂奔，他的表情既興奮又略帶緊張，我的腦袋昏昏沉沉，疼痛時不時提醒我自己也許命不久矣。

我流下淚水。

最後我的下場還是這樣嗎？

和以前的每一個女人一樣死於長生手中，以人類的身分愛著奧里林，卻從未把所有心意傳達給他。

尤里西斯倏地停下腳步，瞳孔迅速收縮，伸出尖牙看著前方。

月光灑落，那銀白髮絲在黑夜中散發死神鐮刀般的森森寒光，奧里林藍色玻璃珠似的雙眼顯得格外幽冷。

「放手。」他的聲音冷冽得讓我幾乎起了雞皮疙瘩。

「奧里林，我可沒傷害她……」我感受得到尤里西斯的緊繃，但他的顫抖也可能是出於暴力本性的興奮。

「我再說一次，放下她，然後滾。」奧里林前進一步，「否則……」

「殺了我嗎？奧里林，就算沒有我，還是會有其他長生來奪取她，如果你一直跟人類糾纏，將永遠是同樣的結果。」尤里西斯舔著嘴唇，「她的血還真是令人難耐，要不是因為契約，我應該早就咬下她的肉細細品嚐。」

電光石火之間，一陣狂風吹過，下一秒我已經在奧里林懷中。

「薩爾……」而尤里西斯被不知何時出現的薩爾從後方抓住脖子。

「別動。」薩爾說。

「呵呵，薩爾，現在你換成幫奧里林了嗎？」尤里西斯瞪著眼睛，「你不也親手撕碎過他其中一個女人？」

我的心中震撼不已。身體虛弱無比，體內血液流失以及契約造成的疼痛始終沒有消停，我痛苦不堪，甚至有了乾脆快點死去的念頭。

忽然，我對上一雙溫柔的藍色眼睛，像沁涼的冰塊一樣撫平了我身上灼燒般的傷痛，我看著奧里林，眼淚奪眶而出。

「不要丟下我。」

他沒有回答，只是輕輕收緊手臂，往夜空飛去。

奧里林帶我來到一座城堡般的建築裡，我躺在蓬鬆柔軟的床鋪上，鮮血染紅了床罩。

他將我的衣服褪下，見他微微皺眉，我想我的傷勢一定很糟糕。

他伸出獠牙，咬了自己的手腕，含了口血在嘴裡，接著湊近我的傷口，我感覺到一陣暖流進入體內。

那是很奇特的感受，在我的想像中，彷彿是金色的液體順著身體的每根血管向前奔流，當抵達心臟的時候，隨著心臟的跳動，屬於奧里林的金色血液送往全身，我倒抽一口氣，呼吸瞬間暢通，陣陣疼痛也逐漸趨緩。

奧里林的藍色雙眼裡流露出憂鬱，雖然我還是很痛，雖然我有些神智不清，但是我好高興。

那是我們第一次有這麼長的獨處時光，奧里林第一次凝視著我這麼久的時間。

那是我們最親密的一次。

第十章

「別在我臨死前才出現，那時候我老了、醜了，我不想讓你看見。」

「妳在我眼中，永遠都會是現在的模樣。」

「請您殺了我吧。」

躺在床上的我睜開眼睛，聽到了小池的聲音。

我的腦袋還沒完全恢復運作，看著潔白的天花板好一會，才意識到這裡是原先的暫時居所。

厚重的窗簾隱隱透出光亮，現在應該是白天，只是無法確定是什麼時候。

印象中，昨天奧里林明明帶我去了另一個地方，我記得天花板鑲著美麗的彩繪玻璃，難道那是一場夢嗎？

房裡的碎玻璃都被清理乾淨了，昨天尤里西斯等人留下的破壞痕跡已經徹底復原，我的脖子上也戴回了那條鑲有淡紫寶石的項鍊。

「請殺了我吧。」小池的聲音再次傳來，我終於會意，於是連忙跳下床，卻無力地整個人跌落。

我還沒爬起來，奧里林和小池已經出現在我面前。

「允心小姐，您沒事吧？」小池面帶驚慌，站在奧里林身後。

見他平安無事，我鬆了一口氣，幸好長生的自癒能力很強。

而奧里林不發一語將我扶起，安置回床上。

「喂喂，你們也太緊張了吧。」薩爾也現身，他手裡拿著葡萄串，愜意地微笑著倚靠在門邊。

「薩爾，這不關你的事。」小池瞪著他。

「唉唷，口氣很大啊，昨天是誰想要咬誰呢？」薩爾伸出獠牙，小池咬緊牙關，神情十分自責。

「薩爾。」奧里林的手放在我的肩膀上，「夠了。」

薩爾聳聳肩，「我們的族人真是冷漠啊，昨天要不是有我，封允心早就死了，一點都不知道感激啊。」

「那是因為契約，否則你不會出手。」奧里林不以為然。

「確實。」薩爾乾脆地坦承，他三兩下將葡萄吃完，扮了個鬼臉，「人類的食物真是噁心。」接著轉身離開。

房內剩下我們三個，我的心中充滿疑問，例如尤里西斯最後怎樣了？還有昨天那間美麗的屋子是什麼地方？以及小池的情況如何？

「請您殺了我。」小池忽然跪下，「是我的疏忽，才讓允心小姐陷入危機，更可恨的是，我還傷害了她。」

「不，小池，你並沒有咬到我。」我趕緊澄清。

「他咬到了，才會被項鍊彈開。」奧里林背對他，目光盯著我。

「可是……那是因為我受傷了，因為血的關係……」

「不管怎樣，他傷害了妳是事實。」奧里林冷著聲音。

「請您殺了我吧！」小池再次大喊，頭重重地磕在地上。

「不要，小池不是故意的！奧里林……」我想去拉奧里林的手，但他稍稍避開，往後退了一步。

我錯愕地看著他，奧里林的眼神像是有什麼盤算一般。

他倏地拉開厚重的窗簾，強烈的陽光直射進房內，小池所跪之處也在陽光籠罩的範圍，因此身上瞬間冒起白煙，他放聲哀號。

「啊啊啊啊——」

「奧里林！陽光！小池他……」我大叫，想要下床去拉上窗簾，奧里林冰冷的表情卻令我止步。

其實只要挪動身體就可以避開陽光，然而小池並未移動一絲一毫，只是在原地摀著臉哭喊。

我第一次對奧里林感到害怕，終於明白他也有冷血的一面。

或許是我擅自將他想像得太溫柔，更不斷告訴自己，奧里林確實有他仁慈的一面。

可是，奧里林也是長生，他也曾傷害甚至殺害許多人。

在小池全身皮膚潰爛後，奧里林才拉上窗簾，冷冷說了句：「離開吧。」

「對不起……」小池勉力行禮，幾乎是用爬的離開了房間。

地板上留有小池的血肉殘塊，我咬著下唇，不諒解地問奧里林為什麼要這麼做。

吸血不是長生的天性嗎？

為什麼要為了這種事懲罰小池？

「吸血是我們的天性，所以妳懂了嗎？這裡不是妳該待的地方。」

我搖頭，「因為我是人類，才會如此不堪一擊，為什麼不將我也變成長生？」

「我不可能將妳變成長生。」奧里林斬釘截鐵地說，「好好的人類不當，為何要來當怪物？」

「我不覺得你們是怪物！」我流下眼淚，「我想陪伴在你身邊，我不希望成為你的包袱，我想跟你走到永遠。如果我是人類，就會一再遭遇意外，你可以保護我幾次？你要離開我幾次？」

「我不會將妳變成長生。」奧里林堅定地重複，他走到我床邊，「我要妳活下去。」

我向來覺得，想辦法「活下去」的過程，或許就是生命的意義。

所以，如果我在這個過程中所遇見的奧里林，就是讓我活下去的力量……

那麼活在沒有他的世界，又能算是活著嗎？

「你，就是我活著的意義。」我注視著奧里林，「我生來就是為了遇見你，為了你，我變成怎樣都不會後悔。」

奧里林的睫毛微顫，他側過臉，「平凡地度過一生，和人類生兒育女、壽終正寢，那才是妳活著的意義。」

我不敢相信自己所聽見的，忍不住伸手抓住奧里林的衣角，「你要我……和別人……」

奧里林輕輕點頭，在他眼中，我看見了堅決。

怎麼可以這樣！

「我不要、我不要！我不再要求變成長生了，就讓我用人類的身分待在你身邊，可以嗎？」

奧里林搖頭，他將我的手拉開，我用另一隻手揪住他，「維持現狀也沒關係，求求你，讓我在你身邊！」

我哭著，眼淚滴落到他的手背，奧里林皺起眉頭，看著淚水滑過的痕跡。

「妳做得到嗎？」

「當然！我可以，求求你！」

「所以我以後不用避開妳去吸血？」

我拚命點頭，這一刻我才知道，他離開我身邊的原因是為了吸血。

我的身體無法負荷奧里林的侵入，我的血液也會提醒契約的存在，所以我必須接受奧里林吸食別的女人的血。

雖然嫉妒，但我也無可奈何，因為是我自願訂下契約的。

所以我更加用力點頭，「我答應！我答應！只要讓我留下來，我什麼都願意。」

奧里林的眼中沒有一點喜悅，反而帶著深深的憂傷。他輕輕握了下我的手，接著拍拍我的頭。

「妳再休息一會兒。」

他離開房間，而我躺在床上。

終於終於，我終於可以永遠留下。

夜晚，當我迷迷糊糊醒來時，身體已經輕鬆許多，肚子也餓了，於是我決定去廚房找點東西吃。

當我來到走廊時，見到奧里林的房間門縫透出燈光，知道他還在令我欣慰無比，這時小池忽然出現。

「允心小姐，您好些了嗎？」

「小池，你沒事了吧……」

小池輕笑了聲，「您先擔心您自己吧。」他向前跨出一步，已經恢復以往那透亮的肌膚，相較之下，我的臉色比他更差。

忽然，我感到深深的悲哀。

長生的復原能力雖然極佳，但還是會痛。脆弱的人類也許不堪火吻，不過直接失去生命倒也落得輕鬆；而長生經受烈日的灼燒痛苦無比，卻無法一死百了，完全是種折磨。

「您餓了嗎？我等會兒為您準備熱湯好嗎？」

我點點頭，「麻煩你了。」

接著，我看了眼奧里林的房門，我們的交談他一定聽得見。小池注意到我的動作，有些尷尬地說：「奧里林先生正在進食。」

「進食……」我內心一震，「你們……每天都需要吸血嗎？」

「不盡然。若短時間內吸食五到六千毫升的血液，最多可以撐兩個禮拜不進食，若只吸一點點血，就需要每天。」小池說明，「像奧里林先生已經很久沒有吸食大量血液，僅是每日飲用一些，這樣便不用殺了人類，只需要催眠即可。」

「可是如果有另一個長生吸了同一人的血，不就會看見那個人被奧里林吸血的記憶了？」

「不過是吸血的模樣而已，奧里林先生並不介意。」小池皺起眉頭，「允心小姐，您知道吸血時是什麼模樣嗎？」

對於小池的詢問，我感到疑惑。不是和我被吸血時一樣嗎？

「就是……」

「帶她進來。」奧里林的聲音從房內傳出，小池瞪大眼睛，接著恭敬地應了聲，走到房門前輕敲兩下後，打開一道細縫。

他回過頭做了個「請」的手勢，退到旁邊。

小池不自在的眼神讓我有些好奇，不過我還是低聲說「打擾了」，隨即推開房門。

奧里林裸著上身與一個美豔的女人在床上交纏。

女人如瀑的漆黑長髮覆蓋在白皙的背部，她跨坐在奧里林身上，奧里林則咬著她的脖子，鮮紅的血液順著身軀流下，女人的頭部朝右歪去，眼神迷濛。

我摀住嘴，震驚地後退一步，撞到站在身後的小池。

「我、我……」我沒辦法接受這樣的場景，轉身就要離開。

「讓她看。」奧里林的聲音如同利刃般，狠狠刺進我的心。

我不敢置信地轉頭，奧里林沒有閃躲我的目光，而是直勾勾盯著我，湛藍的眼底比冰山還要寒冷。

「我不要，我不要看……」我想逃，小池抓住我的肩膀，強迫我轉回去，我只能哀求，「小池……求求你……讓我走。」

淚水滑落，我的聲音顫抖不已，但小池勾著淺淺微笑說：「抱歉，允心小姐，我必須服從奧里林先生的命令。」

於是我閉上眼睛、摀住耳朵，卻怎麼樣都無法阻止女人的喘息聲和引人遐思的碰撞聲傳入耳中。

「不要！不要！夠了，不要這樣對我！」

我不斷哭喊，直到聲嘶力竭，然而一切並未因此停息，肩膀上的力道也絲毫沒有減輕。

那是我這一生當中最漫長的時刻，這種痛比違反與薩爾的契約還要深刻。

結束之後，那女人神情茫然，臉上洋溢著幸福，奧里林穿好衣服，擦去嘴邊的鮮血，看著小池說：「把她弄走。」

小池放開我的肩膀，我癱軟地跌坐在地，眼眶哭得乾澀紅腫。

小池繞過我朝女人走去，熟練地為她著衣，我頓時明白，這並不是小池第一次幫奧里林善後。

原來長生們吸血的方式，除了殺戮以外，還有性愛。

奧里林站在我前方，居高臨下地說：「這樣，妳還可以以人類的身分待在我身邊？」

「你是為了趕我走嗎……」

「妳只要回答我，這樣妳還可以待在我身邊嗎？」

我握緊雙拳，掌心之中是我想要的愛情。

「我……我願意……」

奧里林的眼神再次流露出哀傷。

後來，奧里林每晚都會帶著不同的女人回來，即使我把自己關在房間，他們發出的聲響依舊大到讓我忽視不了。

我將頭埋在枕頭裡，把棉花塞進耳中，那些聲音仍如夢魘般揮之不去。

有時候，白天我走在外頭的街道上，也會忽然聽見奧里林和女人們的喘息聲。

他們交疊的身影，床板的震動，奧里林嘴角染血的模樣，一切的一切都在我腦中反覆播放，日日夜夜凌遲著我。

某天夜裡，一如往常縮在被窩的我瞪大眼睛。好幾個晚上未曾闔眼，我已經流不出眼淚，心痛到難以承受。

每每與奧里林四目相交的瞬間，我隱約能感受到他懷著些許愧疚，但那或許只是我的錯覺。畢竟每晚聽到的動靜如此真實，奧里林若是愛我，又怎麼會傷害我？

我吃不下東西、沒辦法入睡，如同行屍走肉一般，最後甚至連水都喝不了。

我的意志正逐漸消失，某天當我躺在床上茫然看著天花板時，胸口忽然間一陣刺痛，接下來是渾身劇痛。

血液在沸騰，我知道這種感覺，是薩爾的契約。

為什麼！

我活著啊，我好好地活著啊！

我沒有違反契約，為什麼會受到懲罰？

我大叫著、哭喊著，小池跑了進來，然而奧里林沒有。我聽見他和女人的聲音，或許其實是幻聽，可是我無法分辨，我好痛、好痛。

是因為心還是身體，是因為血液還是感情？

是因為我放棄了？是因為我想死了？

「小池！將我變成長生啊！」我大喊，失去了理智苦苦求他。

「允心小姐……」小池搖頭，將我扶起來，「請您吃東西。」

「將我變成長生啊！求求你，求求你啊！」我哭泣，「奧里林！救救我，讓我陪著你，我受不了了，我不要你抱著其他人！吸我的血！就算會死在你懷中我也願意！」

我在地上發狂地打滾，那疼痛直達靈魂深處，彷彿下一秒便會讓人皮肉分離，連頭髮都感覺得到痛。

奧里林打開房門，裸著身、抱著女人，嘴角染血。

即便如此，他還是美得令人屏息，還是我愛的那個男人。

「這樣，妳還能待在我身邊嗎？」

「將我變成長生！」我卑微地懇求。

「妳能以人類的身分待在我身邊，即使我永遠不碰妳？」

「為什麼、為什麼要這樣對我？」我爬到他的腳邊，抓住他的腳踝。

「我絕對不會將妳變成長生，妳將永遠承受這種痛苦。」

那是我聽過最冰冷的話語，我看著他，覺得幾乎要死去。

「每當遭逢生死危機，血液都會提醒妳答應過我的事，到最後，妳就會自己離開奧里林了。」

「爲……爲什麼？」

「爲了活下去。」

為了活下去。

「讓我離開……」

最終，我只能這麼説。

小池抱著我在空中飛躍，他使用一次「跋」所能停留的時間比較短暫，平均每三十秒就會回到地面上再次跳起，他正帶我回去村莊。

「允心小姐，我想您一定很怨恨奧里林先生吧。」

「為什麼？」我的聲音虛弱無力。

「人類很容易憎恨他人。」小池蹙眉，「雖然我們也有恨的情緒，但人類的恨意更是可怕呢。」

我居然從長生嘴裡聽到「可怕」兩字，還真是諷刺。

「我並不恨奧里林。」我仰起頭看他，他回望我，神情有些意外，好似在問為什麼。

「因為我愛他。」

「在他那樣對待您之後仍是？」

「那令我心痛，我將永遠不會忘記這一切，並靠著這份痛苦活下去。」

「允心小姐，您真的很不一樣。」

「你是說和那些曾經的女人相比嗎？」我苦笑。

「其他的女人我都不算真正認識過，因為她們很快就死了，與您相處的時間最長。所以我原本以為您可以……」小池停了下來，沒把話說完。

「我很想相信你說的，奧里林愛我，但也許對奧里林而言，我微不足道吧。」

「允心小姐……」

我搖搖頭，打斷小池的話，「對你們來說，我或許太過年輕，不過我依然相信，愛能改變一切。若奧里林愛我，他不會用這樣的方式逼我離開。」

心痛，可以比身體上的痛楚還要強烈。

小池將我送到家門口，睽違已久的家，看起來比我與奧里林居住的地方更為陌生。

「謝謝你，小池……」我正要道別，卻發現小池看著旁邊那座花圃中的花朵。

「允心小姐，我不否認您剛才所說的，但愛也有很多種形式。舉例來說，大家都喜歡美麗的花，有些人會選擇把花摘下帶回家，每天欣賞，有些人則會選擇讓它在原處生長，並天天為花朵澆水。而有些人就只是愛著，任花朵自由自在地存於自然中，並不特別照料。」

「小池……」

「奧里林先生無疑愛您，或許有天您會明白。」說完，他對我恭敬地一個鞠躬，接著便消失了。

我的淚水潰堤。

離開前，奧里林曾經想消除我的記憶，但我拒絕。

就讓我帶著這痛苦的回憶，這樣才能存活。

沒錯，離開他，是為了存活。

保有記憶，也是為了存活。

「我要妳壽終正寢，要妳生兒育女。」他面無表情，像我第一次在田野中看見他時那樣清冷。

「這是契約嗎？」我努力撐起一個微笑，卻顫抖不已。

奧里林點頭。

小池攙扶著我，此刻我連站也站不穩，全倚賴他支撐。

「那，我也要你答應我。」我舔了舔乾澀的嘴唇，「這不是我們最後一次見面，答應我，你會再來見我。」

奧里林猶豫了。

「拜託。」

他有些艱難地同意，「在妳即將完成約定的那瞬間，我會去見妳。」

「意思是，在我死前那一刻，你才會來找我？」

奧里林點頭，我的內心百感交集。

人生如此短暫，而我還得等待他這麼多年，這是多麼殘酷的懲罰？我將活到老死，在沒有他的世界之中。

「別在我臨死前才出現，那時候我老了，醜了，我不想讓你看見。」

「妳在我眼中，永遠都會是現在的模樣。」他朝我伸出手，在快要碰觸到我的臉頰時頓了頓，收了回去。

「不知道失去你的世界……將有多難熬。」

「從此妳再也不會接觸到我們了，回歸妳最單純的生活。」

奧里林往後退一步，朝小池點了個頭，小池抱著我躍起身，一瞬間到了空中，奧里林變成地面上的一個小點，只看得見銀色髮絲隱隱在月光下閃耀。

我的生命，自始至終都是為了他而存在。無論活著或是死去，都是為了他。

見到我出現在家門口，父母與兄長們又驚又喜的模樣令我永生難忘。

父母臉上的皺紋多了，頭髮也花白了，對我的擔憂在他們身上留下不可抹滅的痕跡，我這才意識到自己做了什麼。

我的不告而別，讓已經先失去姊姊的他們承受了些什麼？

我無法克制地大哭起來，緊緊擁抱住他們，即使我什麼都不能說。

失去奧里林的我，對任何事都提不起勁，只是每天望著田野發呆，想像也許某天會再次見到那美麗的銀髮。

然而三個月、半年、一年過去了，我甚至想著，能見到其他長生也好，就算是要殺了我的長生也好，好讓我確認自己的際遇並不是一場夢境。

可是我也沒再見過任何長生。

有關我的歸來，村裡的流言有很多版本，例如被魔神仔抓走當新娘、和男人私奔被騙了、我們家的女人被詛咒等等，加上我每天神情恍惚四處遊蕩，更是讓所有村民都不敢靠近我。

「妹，妳年紀也不小了，該找個好人家嫁了吧？」所有兄長都成家立業後，五哥終於對我說，「我不管妳那兩年去了哪裡、發生什麼事情，妳永遠都是我妹妹，永遠都是我們的家人。」

我擠出一絲微笑。對於這番話，我是感動的，我也愛著家人，然而我的心像是留在了奧里林那裡，整個人空空洞洞，什麼也不剩。

「妹，妳變了好多。」最後五哥這麼說。

我曾聽過別人竊竊私語，說姊姊死了之後，我就瘋了。

因此，村裡的人對我更加敬而遠之了，為此我反而有點沾沾自喜。要是最終我沒有生兒育女，那麼我和奧里林之間的契約又會如何呢？

但不久，一個從外地來的男人出現了。

他的頭髮飄逸，眼睛明亮有神，如果奧里林是人類，大概便是像他那種感覺。

他是在都市成長的大學生，特地來這裡進行田野調查。他想蒐集各種鄉野傳說，因此幾個村人跟他說了我的狀況，加上姊的離奇死亡，於是他理所當然找了上門。

「我不相信無稽之談，任何事情都可以用科學的角度解釋，只是因為人們具備的知識不足，所以才會產生傳說。」這是他和我見面時所說的第一句話。

我不禁笑了起來，要是我跟他說長生……也就是吸血鬼真的存在的話，他大概會嗤之以鼻吧。

他告訴我都市是什麼模樣，那裡有川流不息的車潮，夜晚的街道總是閃爍著各色霓虹燈，而且還有所謂紅燈停、綠燈行的交通號誌，在我聽來，這些都陌生得像是另一個世界。

「我覺得妳很聰明啊，怎麼不念書呢？」

「為什麼要念書？」

「可以藉此去看看外面的世界，不用一直待在這裡。」

「這裡沒什麼不好，是我的家啊。」

他沉默了一下，「那如果妳的家可以搬到都市去呢？」

「什麼意思？」

「就是……」他深吸一口氣，「如果我希望妳和我一起回去，妳願意嗎？」

我的腦海閃過奧里林的臉。要是我離開這裡，他還找得到我嗎？

可是我答應過他，我會壽終正寢、生兒育女，為此，他才答應了我的請求，承諾在我死亡前和我見面。

於是，我和這個人走了。父母親和兄長們都喜悅無比，他們認為我終於正常了，願意步入人生的下個階段。然而村裡的人依舊抱持懷疑，他們提醒他，我不正常。

「我只相信我的眼睛所看見的。」他堅定地說，牽著我的手，興高采烈地離開了村莊。

我的手與他的手交疊，我們戴著同款戒指，在新婚之夜，聽著他對我訴說情意時，我想起的還是奧里林。

奧里林，我正在一步一步完成我們的約定。

我生了兩個男孩、一個女孩，當他們呱呱墜地的時候，我雖然感動、雖然愛著他們，卻無法付出所有。

在我心中，有很大一部分的情感消失不見了，我無法全心去愛某個人、無法全心熱衷於某件事物，這一點，他也發現了。

「這麼多年來，我還是不明白妳在想些什麼。」他曾經這樣對我說，「我從沒過問妳消失的那兩年去了哪裡，因為我愛妳，所以不願問。但妳的心是否還留在那個時候？」

我沒有回答，只是握住他的手，告訴他該睡了。

他死去的那天，我坐在病床邊，第一次見到他流下淚水，「我真的很愛妳，可越是愛，就越是痛苦。死亡，終於讓我從妳身邊解脫。」

當下，我的內心充滿悲傷，卻流不出眼淚。

我和他的生命皆如同心電圖上的那條直線，終究無法交集。

他，就是我。

我們都在愛的人身邊痛苦，擁有對方，卻又不擁有對方。

當孩子們都能自立後，我便將他們請出家門，藉此回歸寧靜。

我已經完成生兒育女這項任務了，接下來，只剩等待死亡。

我會安安穩穩地生活，健健康康地活著，然後迎接死亡的到來。

當我覺得自己快離開的時候，我換上了當年結婚時所穿的白紗。

雖然我已經老得看不出年輕時的模樣了，但我還是想穿著婚紗，等他來見我。

奧里林，我快死了。

也許就是明天。

我就快能見到你了。

「從那時開始，我一直在等待死亡。唯有死亡，才能令我見到他。」奶奶氣息微弱，目光卻異常堅定，「我好想再見他一面啊，死亡是我活著的唯一目的。」

而我泣不成聲。

我那陌生的奶奶、如機械般冰冷的奶奶，居然隱藏著這麼深的愛情，像冰山一般，海面下的情深令人震撼。

「奶奶，奧里林他……從來沒有忘記妳啊！」

奶奶勉強一笑，顯然並不相信。

我深吸一口氣，擦去淚水，顫抖地握住奶奶的手。

「奶奶，我見到尤里西斯了。」

奶奶瞪大眼睛，又要喘不過氣，我連忙用力握緊她的手，要她深呼吸。

「他、他、他沒有死？」

「看樣子薩爾沒殺死他，他活得好好的，還跟蹤我。」我苦笑了一下。

「他傷害妳了嗎？」

我不禁覺得有些窩心，奶奶居然會關心我。

「沒有，因為妳知道嗎？奶奶，我遇見小池了。」

奶奶呆愣住，於是我重複，「我見到小池了，兩次。一次在我的學校，他告訴我，奶奶妳的時間不多了。第二次就是尤里西斯跟蹤我的時候，小池及時出現。」

我的眼淚再次滑落，「奶奶，奧里林並沒有忘記妳，他一直都在默默守護著妳。」

我將放在包包中的照片交給奶奶，並拿過桌上的老花眼鏡為她戴上。

「妳看啊，奶奶，妳一定從來沒看過這些照片吧，否則怎麼會沒有發現呢？」

我帶著淚痕微笑，指出照片中那模糊的身影，還有銀白的反光。

「啊……啊啊……」斗大的淚珠從奶奶的眼中落下，「是奧里林啊……」

奶奶對於爺爺還有爸爸他們都感到深深的歉疚，所以從來不去看自己與家人的合照，想必是害怕見到自己在一張張充滿愛的照片之中，卻明顯沒有投注自身的愛。

她不願看那些照片，也就錯過了明白奧里林一直在身邊的機會。

「奶奶，我曾經在醫院外看見銀色頭髮的男人，我不知道他是不是奧里林，但奶奶，奧里林真的愛妳，他真的在妳身邊。」

「奧里林、奧里林……」奶奶不斷低喃著奧里林的名字。

他們的愛情，從奶奶十六歲那年開始，一直延續至今。

看著熟睡的奶奶胸口平穩地起伏，我內心的波動依舊未減。

那些故事都是眞的，吸血鬼確實存在。

在照片裡，我親愛的爺爺總是笑得慈眉善目，他究竟獨自承受了孤寂多久？我爲爺爺感到心痛，也爲奶奶感到悲傷。

誰都沒有錯，一切全是種種因素交織所構成的必然。

奶奶這輩子都在等待死亡，這樣的人生該有多煎熬？

我拿起熱水瓶，準備到外頭走廊的飲水機前裝水，這時窗外忽然有黑影飄過。

我看向皎潔的月亮，天空中有一些雲，也許是因爲雲朵飄過月亮的關係？

接著，白色窗簾飄動，微風徐徐。

「嗯……」奶奶發出呻吟，我一手拿著熱水瓶，用另一隻手爲她拉上被子。

忽然，又是一道陰影掠過，就落在我身後。

來得突然、無聲無息。

我渾身發抖，屏著呼吸，靜靜轉過身。

「哈囉，童千蒔。」小池站在窗邊，身穿卡其色短褲，頭上戴著貝雷帽。

我倒抽一口氣，熱水瓶脫手而出，小池以迅雷不及掩耳的速度接起，輕巧地放回桌面上。

「你、你怎麼……」忽然，我意會過來，立刻轉過頭看奶奶，「不……還沒有吧？奶奶狀況很好，她正在睡覺。」

「人類臨終前常會有迴光返照的現象呢，很不可思議吧。」他聳聳肩，往後退了一步，「妳最好也過來這裡。」

「可是奶奶……」

「放心，允心小姐等待一輩子的事情，就要實現了。」

小池將我拉到旁邊，一陣風從窗外吹來，奶奶微微睜開眼睛。

轉眼間，奶奶的身邊已經站了一個人。

身穿黑色風衣，腳踩黑色皮鞋。

奧里林正如奶奶所形容的那般，銀髮在夜色中反射著月光，湛藍的雙眼看似冰冷卻蘊含愛意，就像一座冰山，深深的情感隱藏在海水之下。

我淚流不止，他就是奧里林。

他伸出手，毫不猶豫地觸碰了奶奶的臉頰。

奶奶輕輕動了動，完全張開眼睛。

接著，她瞪大了雙眼。

「啊……啊啊……」奶奶瞬間落下眼淚，她伸出手，又停住，「你一點都沒變啊，奧里林，但我已經老了……老了……」

看似面無表情的奧里林溫柔地環抱起她。

是什麼樣的愛情，在眼神交會的瞬間便能令我明白？

八十幾歲的奶奶在奧里林眼裡，一定還是十幾歲少女的模樣吧。

他們的愛情如一潭清池般純粹，卻又濃烈得纏綿六十幾年。

這數十年間，奧里林寸步不離地守護，看著她成家，看著她邁入老年。

然後現在，他要把即將壽終正寢的奶奶帶走。

我很爲奶奶高興，她一生的願望，在這一刻成眞了。

可是我想起爺爺，想起爸爸和伯父、姑姑。

那我們怎麼辦呢？

我的家人怎麼辦呢？

「奶奶，妳不能走啊！」我情不自禁地大喊，「爸爸呢？伯父還有姑姑呢？我們怎麼辦？」

「我已經奉獻一輩子給你們，將我的一生都交給正常世界了，在人生的最後，讓我任性一次吧。」奶奶毫不留戀。

她注視著奧里林，眼底深藏數十年來的愛戀。

「可惜的是，我居然穿著病服。那件白紗，我多想讓你看看。」

「我已經看過了。」奧里林開口，語氣令人心碎。他輕柔地將唇貼在奶奶的額頭上。

當他抱著奶奶站到窗臺上的時候，我衝上前。

我知道奶奶一直在等待，我也希望奶奶在生命的最後可以幸福。

可是我的家人、我的爸爸呢？

他們潛意識裡都知道奶奶的心不在他們身上，但至少還是該讓奶奶的遺體留著，否則爸爸他們會傷心的。

人類向來自私，我們都希望自己所愛的人幸福，甚至不惜傷害別人，我也不例外。

「小池。」奧里林甚至沒有回頭看我，只是低低一喚。

「是。」在我後頭的小池輕快地應了聲，瞬間來到我面前，「很抱歉，妳必須忘記這一切。」

「不，不要！」我驚喊，抱著奶奶的奧里林充耳不聞。他從窗臺跳下，飛躍在天空之中。

在我眼裡，奶奶已經不是八十幾歲的蒼老面容，而是十多歲的青春少女，那白色病服彷彿變成新娘白紗，成就她年輕時的夢想。

她終於嫁給心愛之人。

小池朝我伸出手，他要消除我的記憶嗎？

跟奧里林曾經對奶奶所做的一樣，帶走這一切？

不，我不想忘記，我不想忘記奶奶和奧里林的動人戀情，我不想忘記她告訴我的故事，那不僅僅是關於吸血鬼的事，而是與我有血緣關係的奶奶最在乎的事。

別讓我忘記奶奶一輩子都不想遺忘的記憶。

「妳呀，和允心小姐眞的長得很像，我和奧里林先生都相當驚訝呢，人類的血緣眞是神奇。」

我的視線被淚水模糊，已經不見奧里林與奶奶的身影，只剩下被風吹著的純白窗簾在眼前飄動。

「人類脆弱不堪，卻又堅強得難以摧毀。我想就是因爲如此，奧里林先生才會對人類如此著迷吧。」小池玻璃般的眼珠子盯著我。

「求求你，不要消除我的記憶……」

「不行呢，奧里林先生的話一定要聽從。」小池笑得純眞，「但是呢，他可沒說是哪種程度的遺忘。」

咦？

「妳會忘記這一切，忘記允心小姐告訴妳的所有故事，忘記我們。」小池的手放在我的額頭上，我的身體放鬆下來，像是擺脫了地心引力般輕飄飄的，「可是，妳很快就會想起來，妳會記起來一切。」

眼前一片漆黑，小池的聲音像立體環繞音響一樣，將我包圍。

「然後，請妳一定要找到奧里林先生，允心小姐做不到的事，希望千蒔能做到。」小池的手從我的額頭移開，我明明睜著眼睛，卻什麼都看不見。

「請妳，拯救奧里林先生。」

✜

我張開眼睛，發現自己躺在醫院的病床上。

我甚至不知道自己為什麼躺在這裡。

「千蒔醒了！嬸嬸！千蒔醒了！」原本在一旁翻著書的童曉淵大叫，我還沒問她為什麼我會在這裡，一陣凌亂的腳步聲響起，爸媽還有其他親戚衝了進來。

「千蒔！奶奶呢！」他們一開口居然是問我這個，怎麼回事？

「奶奶不就在病房裡嗎？為什麼我會躺在這邊？而且你們怎麼都來了？」我不明所以。

「奶奶去哪裡了？發生了什麼事？為什麼奶奶會不見？」爸爸抓著我的肩膀急問。

「奶奶不見了？」

「醫院打電話來，說奶奶失蹤了，而病房裡面只有妳倒在旁邊的沙發上。到底發生什麼事了？奶奶去了哪裡？妳又怎麼會昏倒？」

一連串的問題讓我無暇思考，透過大家的話，我勉強拼湊出情況——在我看顧奶奶的期間，奶奶不見了，沒人知道她去了哪，而我昏倒在病房中。

這太瘋狂了，怎麼可能！

「監視器呢？」我問。

「什麼都沒拍到，先是妳進了病房，後來是護理師，護理師一進去就發現奶奶不見了。醫院周遭的監視器也什麼都沒拍到。」

怎麼會這樣？奶奶人呢？

「千蒔！奶奶去哪了？怎麼可能會憑空消失？」

我努力回想，我記得自己坐在床邊和奶奶說話，然後她哭了，但她說了些什麼，我完全不記得。不只如此，這些日子以來，我和奶奶之間的所有對話皆是一片模糊。

這不對勁，我的記憶明顯缺失了一大半。

有些部分異常空白，有些部分則是朦朦朧朧，奶奶的表情和笑容還有眼淚我都沒忘，然而她說的話像是被雜訊干擾一樣，我無法憶起任何內容。

我向醫生說，我的記憶有問題，爸媽擔心會不會是擄走奶奶的人對我下藥，因此安排了身體檢查與腦部斷層掃描，可是什麼異狀也沒有，我健康得很。

新聞媒體報導了奶奶離奇失蹤的事件，引起軒然大波，醫院方面完全找不到線索，而我也毫無頭緒。

不過，當其他更聳動的新聞出現後，這件懸案便被遺忘了，爸媽放棄了找尋奶奶，親戚們都說奶奶的一生充滿神祕，也許又是被什麼不知名的東西帶走了。

於是，沒有屍體的棺材就這樣下葬。

在殯儀館舉行公祭的時候，明明和奶奶不親，我卻哭得稀里嘩啦。童曉淵用嘴形說我太誇張了，她認為我是在作戲。可是我真的很難過，好像我曾經和奶奶十分親密，只是遺忘了什麼重要的東西。

當我站在殯儀館外擦眼淚的時候，一位身穿黑色西裝的男人走了過來，「妳好，這裡是封允心的公祭會場嗎？」

我吸了吸鼻子，指著會場外的簽到處說：「是的，請在那邊留下你的姓名。」

「不了，我只是來看看。」

這時，我才抬頭打量這個沒禮貌的男人。他棕色的眼睛像是參雜著一點灰，這還是我第一次看見瞳孔顏色如此特別的人。

這個人好年輕，是代替長輩來參加公祭的嗎？

「屍體，不在吧？」

他的話令我瞪大眼睛，我立刻抓住他的手，「你知道些什麼？」

男人微微一笑，輕輕拉下我的手，「所以說，這是誰的傑作？還是誰決定的？」

我聽不懂他在說什麼，但我知道不可以放開這個人。我用兩隻手死命抓住他，朝裡面大喊：「爸……」

還沒喊完，我就被他摀住嘴巴，在眨眼之間離開了原地。

怎麼回事？我只覺一陣暈眩，下一秒便來到十多步距離外的牆角。

我本能地感到恐懼，不安地盯著眼前的男人。

捷運列車的進站聲、風聲、關門的警示音，接著是病房、男人的背影。

我見過他！

失落的許多記憶忽然蜂擁而回，我在捷運站見過他，當時他問了我某件事；我也在奶奶的病房內見過他，他是奶奶的朋友。

爲什麼一直到剛才，我才驀地想起？

「是暗示嗎？」男人輕蔑一笑，「看樣子是小池擅作主張。」

「小池？」

「罷了，世事難料，誰知道這一次又會如何。」男人放開我，往後退了一步，

「妳很快就會想起我們。」

男人轉身繞過轉角，我隨即追上，他卻不見了。

我將這件事告訴爸媽，我們回去向醫院調了監視器畫面，的確曾經拍到那男人的身影，不過完全沒拍到他的臉。

男人像是很清楚監視器的位置，準確避開每個鏡頭，將自己的眞面目藏在帽子之下。

雖然男人行跡可疑，依舊無法解釋奶奶爲何會消失在病房。這詭異的新情報讓奶奶的事件再次被報導，社會大眾又是一陣討論。

不久，奶奶年輕時消失過兩年一事也被挖了出來，新聞標題用了「神隱」兩字，內容繪聲繪影地推測是魔神仔來把奶奶收回去。

都什麼時代了，居然連新聞都在瞎扯這種無稽之談。

而且對於這個消息，我並不特別驚訝，好像早就聽說過一樣。

童曉淵嚷嚷著奶奶也許眞的不是人類，因爲奶奶和所有人都不親近，可能是魔神仔的新娘之類，我無言以對。

我趴在房間的窗邊凝視月色，那銀輝讓我似乎快要想起些什麼，卻始終回憶不起更多。

準備上床睡覺前，我不經意往樓下一瞥，看見一個男人站在那裡對我微笑。

距離這麼遠，我竟然能確定他在對我微笑，這還眞詭異。

我不想理會，打算關窗，但那男人縱身一跳，瞬間來到我跟前。

我甚至來不及尖叫，他的手已經攀在窗戶邊。

這裡可是六樓，怎麼可能……

「童千蒔，奧里林他們去哪了？」

他睜大黃色眼睛，我渾身發顫，下意識地往後退，本能地知道他很危險。

「我沒邀請你，你不能進來！」我喊，卻不明白自己為什麼要這麼說。

「受到邀請才能進入？那是西方的規矩，可不是我們的。」他勾起嘴角，踏入我的房間。

「你、你……請你離開！」我驚慌失措。

「看樣子妳知道啊，封允心應該全告訴妳了吧。」他在房內轉了一圈，最後目光定在我的臉上，「如果不要說話，妳和她還眞是一個模子刻出來的。要是我抓了妳，奧里林不知會有什麼反應？」

奧里林……奧里林……

奶奶哭泣的畫面閃過我的腦海，她喊著奧里林名字的神情，還有那飄逸的銀色頭髮，有個男人站在病床邊——奧里林！

頓時，我什麼都想起來了。吸血鬼、奧里林、長生、薩爾、小池，以及眼前最危險的人，尤里西斯。

「依照契約，你不能傷害我！」我抓起書桌上的美工刀。

尤里西斯挑起眉毛，饒富興味看著我，「那點小東西怎麼能傷得了我？不過妳說的對，我的確不能對封允心的家人做任何事，因為那該死的契約。」

我握緊手中的美工刀，顫抖地問：「奧里林把我奶奶帶去哪了？」

「這不是我剛才問妳的問題嗎？」尤里西斯兩手一攤，「還眞浪漫啊，不是嗎？奧里林這些年來都在封允心身邊，殺死了不少想找她麻煩的長生，我派出的長生全都被殲滅了。」

我的心一揪，果然如我所想，奧里林寸步不離保護著奶奶。

「他幾乎脫離了我們的世界，大家一度懷疑他是不是死了，要是他死了可就麻煩了啊，但奧丁又沒動作。所以啦，大家都在猜，肯定是躲在哪……」尤里西斯聳聳肩。

「你來有什麼目的？」

「雖然長得一樣，不過態度強硬多了，現代的女性就是麻煩，相較之下，以前的女人好玩多了，大家都會傻傻地靠過來，一點警覺心也沒有。」尤里西斯退到窗邊，「我沒打算做什麼，奧里林對妳沒有感情的話，妳就派不上用場。」

我依舊緊握美工刀，不敢鬆懈。

「但妳不好奇嗎？關於奧里林這個人。」

「我對吸血鬼沒什麼興趣。」

「吸血鬼啊！哈哈哈！」尤里西斯大笑，跳上窗臺，「我總有種預感，很快，我們會再見面。」他往後一仰，沒入黑暗，緊接著，我看見他的身影在大樓間穿梭，是奶奶所說的「跋」。

我癱軟在地上，手上的美工刀掉落。

所有記憶都回來了，包含小池對我說的話。

「妳會忘記這一切，忘記允心小姐告訴妳的所有故事，忘記我們。可是，妳很快就會想起來，妳會記起來一切。」

「然後，請妳一定要找到奧里林先生，允心小姐做不到的事，希望千蒔能做到。請妳，拯救奧里林先生。」

藍色眼眸、銀色頭髮，虛無縹渺的男人。

在他的漫漫人生之中，所有愛過的女人都難逃一死，唯一活下來並壽終正寢的奶奶，卻永遠無法碰觸。

我不禁潸然淚下，想起奶奶離去前那幸福的模樣。

奶奶之所以活著，是為了奧里林，那奧里林呢？他活著的意義又是什麼？

我深吸一口氣，好不容易站起來，並拿過自己的包包，裡面放了好幾張拍到奧里林的相片。

奶奶冷漠的面容下所隱藏的愛情之深，超乎想像。

奧里林也一樣，他用激進的手段逼迫奶奶離開，然而那些看似殘忍又極端的作法，全都只為讓她活著。

最後，在病床邊，我見到那湛藍的眼底充滿愛意。

奧里林確實愛著奶奶，如此深遠、如此刻骨。

尤里西斯說的沒錯，其實我的確想再見奧里林一面。

我捏緊手中的照片，夜空中清冷的銀色月光如同他美麗的銀髮。

我，想見他。

（未完待續）

後記　爲了結局而誕生的故事

繼《當風止息時》系列後，新的奇幻小說第一集終於與大家見面啦！

每當我寫完一本書，總是會十分期待作品上市，以及各位的讀後感想，因此這一次我還是要說，請你們看完後快點來跟我分享心得！

曾經有小Misa在粉絲專頁詢問我，有沒有寫書寫到哭的時候。雖然沒有這樣的經驗，但我記得很清楚，在撰寫《無盡之境》第一集的尾聲時，我的內心湧現了難過的情緒。

奶奶的病服化成了和封面所繪同樣美麗的白紗，裙襬在夜空中飄揚，她逐漸變回年輕時的少女模樣，不變的是眼裡的愛戀。

她活著的目的是爲了迎接死亡、爲了再次見到奧里林。這是多麼令人揪心？

在發想這個故事的時候，我最先想到的就是結局。我的腦中有個畫面——依舊年輕的男主角抱著年邁的女主角在夜空中，明明女主角即將面臨死亡，此刻卻是兩人這輩子最快樂、最無牽無掛的時候。

於是，只爲了結局，就誕生了這樣的故事。

此系列預計會有三集，在寫這篇後記時，我也已經開始進行第三集的撰寫。每一個系列故事的開始到結束，都是一段漫長的時光，但回顧起來，又覺得不過眨眼之間。

以往爲角色取名時，通常只有取男女主角的名字才會有靈光一閃的情況，然而《無盡之境》中所有角色的名字全是瞬間浮現的。好像他們本來就該是那個名字，而且我越寫便越覺得，每個角色都是主角，每個角色都有其存在的必要性，所以他們的名字才會自然而然誕生。

此外，書名也像是忽然蹦出來的一樣，雖然經過幾番掙扎，但我想這是最適合這個故事的書名，無盡之境，在那生命幾乎沒有盡頭的異境。

這是我第一次嘗試以吸血鬼主題，希望你們會喜歡。另外還必須提一下封面，實在是美翻天了！

當初一收到封面插畫，我馬上就用來當作電腦桌布了，年輕時的奧里林以及封允心都穿著結婚禮服，那是個已經不可能完成的夢想，而站在遠處回眸一望的女主角旁觀著這段淒美的愛情，也因此踏上意料之外的道路。

通常寫完故事到正式出版需要一段時間，當出版前我協助進行校稿的時候，還是有許多橋段令我再次被感動，甚至不禁覺得當時的自己怎麼能寫得出這樣的情節，這也算是校稿的驚喜吧。

而在第一集中，透過雙女主角的敘述方式，大家應該可以感受到封允心和童千蒔的差異，在第二集裡面，這將會是一個重要的關鍵。

感覺再說下去就會不小心洩露後面的劇情了，我眞的非常喜歡這系列故事的氛圍，所以請大家一定要來與我分享你們的心得喔！

最後來聊聊我最近的生活吧。

身爲懶洋洋的金牛座，常常一不小心就虛度了光陰。我常常告訴自己，不行，我一定要好好把握時間，無論是寫作、閱讀、畫畫，或是去上藝文課程都好。

可是往往一回過神，就發現自己又在沙發上賴到睡前，有時候會覺得時間好像被偷走了一樣。

有次我問別人：「任意門和時間停止器，你比較想要哪一個呢？」

對方毫不猶豫地回答：「當然是任意門。」

我不解：「可是有了時間停止器，就可以在交稿前讓時間暫停，直到寫完再讓時間重新流逝，或是可以暫停時間一直睡覺耶。」

對方卻表示：「妳爲什麼不好好善用時間呢？」

雖然一語驚醒夢中人，但善用時間眞的是個永遠的課題。大家分享《無盡之境》第一集的感想之餘，也請順便和我分享如何善用時間吧。

說到這裡，原本在寫後記的今天，我預計的行程是火速吃完晚餐，快快寫好後記，然後還要趕緊寫《無盡之境》第三集，再上床睡覺。

但事實上如何呢？（遠目）

很高興你們購買此書，我們下一本見啦！

Misa

國家圖書館出版品預行編目資料

無盡之境. 1, 長生 / Misa著. -- 初版. -- 臺北市；城
邦原創出版：家庭傳媒城邦分公司發行, 民 106.05
面；　公分

ISBN 978-986-94706-1-2（平裝）

857.7　　　　　　　　　　06007242

無盡之境 01
長生

作　　者／Misa
企畫選書／楊馥蔓
責任編輯／陳思涵

行銷業務／林政杰
總　編　輯／楊馥蔓
總　經　理／伍文翠
發　行　人／何飛鵬
法律顧問／台英國際商務法律事務所　羅明通律師
出　　版／城邦原創股份有限公司
台北市中山區民生東路二段 141 號 6 樓
電話：(02) 2509-5506　傳眞：(02) 2500-1933
E-mail：service@popo.tw
發　　行／英屬蓋曼群島商家庭傳媒股份有限公司城邦分公司
聯絡地址：台北市中山區民生東路二段 141 號 11 樓
書虫客服服務專線：(02) 25007718・(02) 25007719
24小時傳眞服務：(02) 25001990・(02) 25001991
服務時間：週一至週五09:30-12:00・13:30-17:00
郵撥帳號：19863813　戶名：書虫股份有限公司
讀者服務信箱 email：service@readingclub.com.tw
城邦讀書花園網址：www.cite.com.tw
香港發行所／城邦（香港）出版集團有限公司
地址：香港灣仔駱克道 193 號東超商業中心 1 樓
email：hkcite@biznetvigator.com
電話：(852)25086231　傳眞：(852) 25789337
馬新發行所／城邦（馬新）出版集團 Cité(M)Sdn. Bhd.
41, Jalan Radin Anum, Bandar Baru Sri Petaling,
57000 Kuala Lumpur, Malaysia.
電話：(603) 90578822　傳眞：(603) 90576622
email:cite@cite.com.my

封面插畫／Fori
封面設計／黃聖文
印　　刷／漾格科技股份有限公司
電腦排版／陳瑜安
經　銷　商／高見文化行銷股份有限公司
客服專線：0800-055-365　傳眞：(02)2668-9790

■ 2017 年（民 106）5 月初版

■ 2022 年（民 111）6 月初版 3.3 刷　　Printed in Taiwan

定價／250元

ISBN　978-986-94706-1-2

POPO城邦原創 www.popo.tw
城邦讀書花園 www.cite.com.tw